唯一無二

自初——著　潔歪——繪

目次

CONTENTS

序章－晨櫻

「受死吧……路西華！」

揚聲怒吼，手持巨劍的青年眼裡含恨，原該是斯文儒雅的面孔此時卻因恨意而殺意重重，面對上頭端坐的惡魔，他似憶起什麼，握著劍的手又更緊了幾分。

——偌大廳堂之中，原該聖潔安謐的大廳卻充斥壓迫與黑暗之氣，而除青年外，還有幾人同立於殿堂裡頭與座位上頭，與那個渾身散發不祥之氣、張狂而俊豔的惡魔對峙。

「就憑你們，也想讓我受死？」輕蔑地輕勾嘴角，惡魔俊容淺挑，鄙睨一笑，「一群螻蟻……不自量力。」

語落，他笑勾了勾手指，地面便忽地捲起一陣旋風橫掃，而站於前頭與之相抗的幾人隨即有些堪受不住地後退幾步，惡風幾乎讓人睜不開眼，威壓之下，眾人只得逞強抬手捂住眼睛。然而還沒來得及反應，惡魔便忽地起身來、憑空橫出一把利刃，惡狠狠地朝離他最近的銀髮青年狂掃過去

——

「小心！」

「唔！」

惶然回首，與青年距離最近的「他」便已驚見那個手持巨劍的青年遭到重擊，重傷倒地，只能撐著劍勉強地跪倒在地……

「還想讓我受死嗎？」

笑得鄙夷，惡魔手裡挑起黑色烈焰，看著餘下的幾人，眼底全是輕視。

而「他」心裡更怒，抿唇，像是忽然下定決心了一般，迅速轉眼和其中一名有著尖耳朵的男子示意，而後憤然回頭望向惡魔，牙一咬，便提著武器暴衝向前，由後頭男子施咒支持之中，手裡猛地生出一輪散著光芒的咒輪……

「就算不能讓你受死……也要為了守護這個世界、和你同歸於盡——」

畫面戛然而止。

耳邊還迴響著壯闊昂揚的背景音樂，方才被強制擬人進行的開場動畫還讓「她」有點不適應，眼前畫面便又回到了一片黑暗——

事實上來說，從小孩這身份畢業之後，她已經有很久沒碰過遊戲，又或許比一般人還要來得更不適應。

這是去年剛剛上市封測的虛擬實境遊戲——《晨櫻Online》，據說是由中港臺兩岸三地一同開發的線上遊戲，製作規模十分浩大，也據說耗時許久。雖然說故事背景是狗血了一點，不過難得一款轟動全球的虛擬實境上市，自然也吸引了不少人參與。

「上千年前，從地獄中逃出的惡鬼給世界帶來了毀滅性的力量。世界五大族用盡氣力，付出了慘烈代價將其封印，然後自身亦受到了詛咒。有的相繼死亡，有的則陷入了百年沉睡。

上千年後，時間長河的消磨將封印給逐漸減弱，隨著詛咒的消失、英雄的歸來，這世界又將被陰謀掀起什麼樣的驚濤駭浪……」

念白在她耳邊迴盪，而她皺皺眉頭，不甚適應地略動了動身體。這款遊戲是讓人戴上所謂實境頭盔之後開始進行的，剛才一進來調整好自己的樣子，做好基本設定之後，馬上就被迫進入了開頭劇情動畫，成為了裡頭所謂的「主角」——雖然說是實境，但是身體活動起來的感覺和現實生活中活動的感覺又有點不太一樣，那種身體被強迫操控動作的感覺真是夠詭異的。

「與同伴們合力封印惡鬼後，英雄們也遭到反噬，或凍結時間與惡鬼一同沉睡，或犧牲了靈魂、重新轉生，或失去了記憶和力量、從頭開始……

直到數千年後，封印的力量逐漸削弱，反噬的力量也同樣逐漸消失，而你甦醒在千年後的世界，準備再次迎戰即將襲來的黑暗——」

隨著系統提示，原本還一片黑暗的空間，這才驀地出現了一片光明——她的面前現出一處空曠的草原，身上穿著普通的白衣黑褲，判斷大概是新手裝。手上拿著一把木棍，長頭髮被風吹得有點亂，她皺皺眉，這遊戲連大氣現象都這麼逼真啊……

上方的系統提示還在提示一些基本操作指令，而她眨眨眼，還沒來得及看清楚周圍境況如何，便看見她眼前螢幕上出現了一些飄浮在空中的、操作介面之類的東西，像是一些文字或圖片漂浮在她看不到的牆面上。

第一次看見這種科幻片裡會出現的那種半透明的觸控介面，她不禁感到有些新奇，於是跟著系統提示伸手過去一點，便看到了屬於自己的個人介紹頁面：

「ＩＤ：維希

等級：１

職業：初心者……」

看到文字飄浮在空中的感覺還真奇妙……跟隨新手模式，她收回介紹頁面，便又看到上方系統提示寫道：「第一次新手任務：史萊姆Ｘ１」

……史萊姆？那是什麼鬼？

嘴角不住地抽搐了兩下，她才這麼想著，便看見眼前蹦出了一隻不知道哪裡來的奇怪生物——像是一團果凍，半透明的、黏糊糊的東西，還有兩顆小狗一樣的可憐大眼睛……第一眼看上去有點噁心，看著看著，倒竟還有種莫名的可愛。

是要她拿這隻……棒子，毆打這個東西？

轉了轉手腕，她想了想，抬手便打算揮下去——沒想到那團東西竟然往左一蹦，眨眨眼，躲開了她才揮下去的木棍。

沒想那東西竟然還會躲開，她眉頭一皺，揚手又打算要揮下去，結果那東西竟然往前一蹦，原本可憐兮兮的臉竟然變成了邪惡的笑容！

——這是哪門子的新手任務！也未免太坑了吧！

額間青筋一爆，她握著木棍的手收緊，怒聲喝道：「臭傢伙、別想跑！」說著，她還不甚適應地邁開腳步上前，結果那團東西竟然越跑越快，蹦得一下子就跑到了幾十步遠的地方！

她這下怒了。區區一個新手任務也耍人？太機車了吧！

「什麼鬼史萊姆……我就不信我打不到你——」

「砰！」地一聲，她怒喝還未完，腳才往前踏，便因為還沒完全適應實境操控的關係——身體一個踉蹌，完全面部朝地地、摔在了草原上。

連痛覺都真實得不可思議，她額頭又痛又腫，好像還腫了一個包，這個認知登時教她覺得很羞辱。想她平時運動成績名列前茅，百米賽跑向來都是數一數二的，現在卻竟然因為一個遊戲，連跑步都成了個白癡……幸好現在四下無人，要不她的面子往哪擺——

「那個……妳還好嗎？」

才慶幸沒人看見自己出糗，便聽見不知道從哪裡而來的清澈男聲驀地響起，似乎還帶幾分關心。

她身體一僵，擦傷的手掌吃力撐住地面，抬頭，卻發現竟然是一個和她穿著相似的金髮少年正彎腰在她面前，小心翼翼地關心：「要不要我……扶妳起來？」

人生第一次這麼糗的時刻竟然被一個陌生男人看見——

維希腦袋一瞬空白，等回過神的時候，她已經迅速按下了關機鍵，連對方伸出的那隻友善的手都完全忽略。

——可惡，下次她絕對要挑在沒人上線的時段、把這該死的遊戲操作方式摸熟！

章一—維希

「——怎麼樣，維彤，這款遊戲真的不錯玩吧？」

才將手中報告完成，準備拿起那頂樣子長得像安全帽一樣的頭盔來開啟遊戲，清秀少女理了理自己有些亂掉的褐色長髮，聞聲轉頭，便見自己再熟悉不過的室友朝自己走來。

短而捲的中長髮被染成了人工的褐金，朝她走來的少女身形微微有些圓潤，一雙討喜的大眼睛眨呀眨的，好像挺是期待，又有些自豪的模樣，而她——沈維彤聳聳肩，便道：「還行，打發時間還不錯。」順手還能賺賺積分獎金賺零用錢，算是一舉兩得，她很滿意。

「不是打發時間吧，我看妳玩的時間都快比我長了。」揶揄地挑挑眉，范雨薇笑喝了口水，看著她竟然自動自發地準備玩遊戲，不禁有點小得意起來。

想想當初自己還盧了很久才讓室友也陪著自己玩，原本以為以她的性格，可能很快就會膩掉，沒想到自己現在也沉迷在其中了嘛……

「那是為了積分賽。」揚眉，沈維彤勾起唇角對她笑，眼神看起來卻有點危險，「是誰拿著積分賽的獎金制度拐著我玩了遊戲，還讓我玩了個有夠難上手的輔助職業的？」

聞言，范雨薇立刻有些尷尬地撓撓頭笑了，決定裝作沒事地跟男友甜蜜蜜視訊聊天去。

要說是怎麼讓她這位幾百年沒碰遊戲的室友妥協——其實還得從沈維彤失業這件事情說起。

范雨薇和沈維彤因為大一被分配到同寢室而認識，性格雖然大相逕庭，倒也還算互補。范雨薇性格單純天真，做事稍微有點馬虎，休閒時間就拿來和男友打遊戲，平時也沒什麼大志大願，功課能過關就好，而沈維彤則是工作狂人，任何事總是努力要求完美，休閒時間還幾乎全拿來打工。

雖然這多少和沈維彤特殊的家庭背景有關，但這種超人的毅力，多少還是經常讓范雨薇感到特別驚奇。

然而對於這樣的沈維彤，唯一的缺點大概是——生活上經常落東落西，導致經常是她提醒沈維彤又落了什麼，久而久之，竟然也成了好朋友。

於是大二之後，她倆便從學生宿舍搬了出來，到校外不遠的地方租了學生套房，成為固定室友。

而不久前，沈維彤工作的餐廳突然間宣佈倒閉，導致生活重心一半在工作上的她一瞬間沒了個忙碌來源，正巧范雨薇被男友拉去玩了正熱門的虛擬實境遊戲，就半慫恿半誘惑地盤算著把她拖了下水：

「維彤維彤，妳看啊，這遊戲公司財力豐厚，這些積分排名賽都有很豐厚的獎金，妳那麼厲害，玩遊戲鐵定一下就上手，到時候也可以靠這些獎金賺點零用錢……」

「反正不急著找工作嘛，妳平時存的錢也夠多啦，還沒找到工作前就先玩遊戲放鬆一下、打發時間啊！」

「……」沈維彤很無奈，聽著她在旁邊說得口沫橫飛，只得暫時放下眼前多得令人眼花撩亂的求職視窗，轉過頭看她：「范雨薇，你找妳男友玩還不夠，幹嘛非要拖我下水啊？」按了按太陽穴，她光是短期內要找到穩定又近的工作就已經夠頭痛，怎麼現在還要應付人盧小小……

范雨薇可憐兮兮的，「他最近要考研究所，時間比較少，沒時間陪我……」癟嘴，她拽起她衣袖甩，「妳也知道，那種虛擬實境的，沒人陪會很無聊啊，可是我又不想跟他一起玩的時候太弱……維彤，妳這麼厲害，玩遊戲肯定也是一試就上手的——」

「行行行，妳別拽著我衣服。」最受不了人這樣又褒獎又裝可憐的雙重攻擊，沈維彤抽了抽嘴角，決定拿個理由直接搪塞她，「那積分賽獎金多少？不可能夠當我生活費用吧？」

「聽說是每個月積分賽的前十名都有獎金五萬……」

於是她就這麼被錢給拐去了。

至於選到那個她後來才知道最難搞定的聖諭使職業路線，還不是符合她性格的近戰戰士，當然又是范雨薇說了堆什麼「法師遠攻近攻坦克輔助都能擔當」、「補師不但可以幫隊友還幫自己不用怕死」……之類的爛理由，害得她為了磨練技術到能夠爬積分賽，又變得難上加難——

「我想說我是玩戰士，維彤妳玩補師的話，我們就剛好互補了嘛……」

——好吧，她認命就是。

誰讓虛擬實境這種遊戲最大的壞處就是不能砍掉重練？最慘的是，她所有的面試都毫無回音——除了認命，暫時也沒有別的辦法。

「安安啊、維希——」

睜開眼睛，一觸及到和現實中完全不同的景色——登入的每日任務通知視窗跳到她眼前，還伴隨公會的人透過語音傳播而來的招呼聲傳入她耳中。

個人介面中顯示的等級是二十，職業是法師，她的遊戲名稱則是「維希」。

「早安。」

回答如同往常般地冷漠，向來就不怎麼和除了室友以外的其他人互動，維希轉了轉脖子，身穿與她本身職業全然不符的輕便狩獵服，拿著手中樣式簡單的木製短杖，便準備前去找ＮＰＣ接取今天的任務。

她所在的城市名叫穹之都，和其他的地方不同，比較特別的是，這座城市是漂浮在遠古大陸卡俄斯之上——所有的新手經過新手任務之後都要來到這，這裡有著整個遊戲世界裡頭所謂最大的冒險者公會，「烏拉諾斯」，報到之後，所有的任務來源以及排名賽的舉辦處都在此地。

穹之都是卡俄斯大陸裡最為熱鬧的都城，建築物比其他城市要來得新穎，還有許許多多來往的商人，也是最多玩家聚集的地方。圍繞著公會外圍的，是偌大自由商街來提供玩家進行買賣、也有機會在這裡看到許多難得一見的稀奇寶物。

她基本上是不重課金的人，不過進入公會接取任務前，她偶爾也喜歡來這裡晃一晃。

「嗨，維希，很高興今天又見到妳。」

路過喧嚷吵鬧的市集過後，便會見到中央地帶，一座白色磚瓦層層堆疊而上的高塔——壯闊而美麗，彷彿穿透雲層般，像神話世界裡的象牙塔，還帶點神祕而神聖。

那是進行排位ＰＫ賽的競賽場所，而在這之中，能打進台灣伺服器前一百排名的，通通都是九十等級以上的頂尖高手。范雨薇拿來誘惑維希的高額獎金，便是出自於這座塔樓的競賽。

現在的她離那個塔還太遙遠……總之趁著現在剛開學不久，事情不多，希望能趕緊趕上等級，去挑戰ＰＫ賽吧。

遊戲的時間會隨著現實世界而改變，現在正是下午四點，夏日的陽光在此時還烈日高照，穹之都更接近天空，伴隨通天的高塔，萬里無雲得教人心怡。隨著她離目的地愈來愈近，便不禁又看了看身邊變換的景色——

說起來這遊戲已經開放一年了……雖然封測的時候她就見過室友在玩，不過這擬真的程度，說起來還真是夠厲害的。

在高塔前方，有一座同樣以白色磚瓦堆砌而成，外觀略顯老舊的巴洛克式風格建築的殿堂。那便是冒險者公會、烏拉諾斯的總部，也是玩家們的主要集會地點之一。

開門進入殿堂中心的櫃台後，她便見到了熟悉的人物和她打招呼——親切的笑容和問候，這裡的ＮＰＣ們每個也有自己的性格，連對待每個人的招呼模式都會不大一樣。

「今天的任務是什麼？」略過對方的招呼，問題同往常一樣的簡單明瞭，她也不迂迴，開口便直問了出聲。

負責接洽她的是一名叫做愛葛莎的女人，一頭褐金色長直髮、戴著副看似專業的黑框眼鏡，負責接取一些日常打怪或是清理之類的任務，還有前期一些重要的主線劇情任務也都是由她手中接下。

「維希還是一樣急性子。」莫可奈何地微微一笑，愛葛莎像是拿她沒辦法的樣子，聳了聳肩，便將準備好的資料從櫃檯下頭拿了出來，「聽說魔族又到處騷擾居民，這次是弗洛亞那裡發來的求助訊息，伊利亞特那邊已經派人過去支援了，事情並不嚴重，只是需要多點人手處理餘孽。」翻了翻手中一疊相關資訊，她看了看，便將其中那封重要的求助信件放置在桌上，而後又抽出一張地圖來，指了指上頭較小塊的大陸之中，偏近於東北方的那一處區域。

「那麼，這次的事情也拜託妳了。」

話落，維希的任務提示中便多了一項「清理魔族殘黨」的任務，提示是二十等級的，數量也不多，讓她去打三十個魔族餘黨。

弗洛亞——那是位於遠古卡俄斯大陸之外，一塊近百年才被發展的新大陸——奧德賽大陸邊境的荒漠地帶。而其中，弗洛亞又是奧德賽大陸裡頭，人煙最為稀少的所在，氣候乾燥炎熱，是適合極限修行的地方，只居住少數當地原住民。大概是挑著這點，魔族才會對那裡出手吧？

相較遠古大陸，奧德賽大陸的怪物等級也多數較低，多數新手任務都還是從那裡起家，只是不知道，她接這些新手任務的日子到底還有多久……

《晨櫻》的世界主要分為兩塊大陸——卡俄斯和奧德賽。據聞卡俄斯是遠在數千年前便存在的遠古大陸，奧德賽則是千年前那場世紀大戰之後許久，才被拓荒者所發掘的、沒有受過千年前的黑暗所汙染的新大陸，遊戲裡頭專司轉職和部分指導的伊利亞特學院也在那裡。

雖然並不喜歡乾燥炎熱的地方，不過比起冰天雪地，總是要來得好太多，畢竟她可不喜歡穿成雪人出任務——於是從穹之都搭乘特有的飛船到奧德賽，又輾轉到弗洛亞後，她便先到當地商鋪，補充已經用完的補充體力用的糧食。

「這樣一共是五十銅錢喔。」

「……」

新手要跑的地方還不算太多太遠，花費的錢已經不算是多，不過畢竟遊戲幣也得靠打怪慢慢累積，並不算是很好賺……皺了皺眉頭，她嘆口氣。該買的還是得買，省不得。

然而才準備便要掏錢出來——「咻！」地一瞬，一陣風伴隨遠去的匆促腳步聲，維希還沒來得及反應過來，便見自己手中的錢袋一瞬間消失不見了！

——搞什麼鬼，虛擬實境還玩扒手這招？

額間一瞬青筋暴跳，她抽了抽嘴角，轉頭便往那小偷的方向毫不猶豫地拔腿飛奔追過去：「站住、臭小鬼——！」

說著，她也不顧忌還有旁人圍觀的目光，拎起鞋子便往那人頭上猛砸下去！

然而少了一隻鞋子似乎對她的腳步速度並沒有任何影響，維希腳下速度沒有慢下，反而更起勁地朝著那人猛追了過去。

——開什麼玩笑，她沈維彤是這樣給人白白偷的？

這傢伙膽子也未免放得太大了！

說時遲那時快，她才這麼想道，眼看便要追上那個被她的鞋砸到痛得摀著頭緩了腳步的小偷，卻忽略了腳下崎嶇不平的砂石路，忽地便被一顆突起的石頭一絆——

「砰！」地一聲，她再次狼狽地面部著地，額頭一陣腫脹的疼痛傳來，讓她一瞬間懷疑自己是不是太高估，應該把疼痛指數調到最低的「麻」才對。

不對，這種重要的時候，她竟然又出糗……

那小偷一看她摔跤，見著有機可乘，拔腿便要跑，然而才一回頭，卻看見前頭不知何時冒了一個身形精瘦的少年出來，手中的雙弩槍便直直抵著他的額頭：「交出來。」

扼要有力地出聲討要，少年的聲音清澈乾淨，在維希耳裡聽起來似乎還有那麼些熟悉……

群眾喧嚷的聲音一瞬間安靜，所有人直盯著那個英雄救美的美少年，看著他似乎毫不介意地放了那個狀似小新手的小偷玩家，然後逕直拿著失物走到狼狽的少女面前——

吃力地撐起手肘要爬起，維希才蹲起身子，便看見眼前少年朝自己走來。

一身輕便的皮衣狩獵服，樣子清秀精緻，一頭微翹的金色捲髮。少年的樣子長得很好看，遊戲外觀設定雖然可以美化，但能美化得並不多，可見是天生麗質……雖然他的樣子對她而言稍嫌瘦弱了些，但少年的模樣，確實是很出眾，還難忘得教她立刻便想了起來——

拎著她被竊走的錢袋走到她面前，少年眨了眨好看的湛藍眼眸，對她伸手道：「那個……妳還好嗎？」

聲音帶著點遲疑，和旁人以為的冷漠不同，少年的眼睛很乾淨，只有純粹的關心，嗓音清淡而清透。

維希那一瞬間很想挖個洞埋了自己。

誰能告訴她，在一個遊戲裡頭出糗兩次都是遇見同一個人是什麼概念？

☆　☆　☆

「ＩＤ：伊修斯

等級：60

職業：遊俠

性別：男……」

偷偷覷了一眼跟在後頭的少年，維希趁著他不注意時開了他的個人資訊來看——六十等級，這玩了可不只一周啊？可是明明上次……這傢伙穿得是跟自己一樣的新手裝不是嗎？

而且怎麼說，六十等級的高等玩家會出現在這種地圖也真是夠奇妙的。

「妳先坐下吧。」忽地便偏移步伐到一塊較大的石頭旁，伊修斯看了看四周，確定似乎暫時沒有更好的休息地點後，對她微微點頭示意道。

「啊？」還在思考自己該問他來意是什麼瞎聊兩句、還是乾脆地道謝過就揮揮手走人，突然被這麼開口要求，維希的腦袋一下有點轉不過來。

「妳的膝蓋受傷了。」低頭看了看她因為撞擊和摩擦而還有些血跡的膝蓋，伊修斯頓了頓，

「雖然是遊戲，但還是會痛。」從背包裡拿了商店裡買來的簡單藥水出來，他開口。

畢竟除非死亡重生，不然傷口基本上不會自己復原……她那樣子，行動也不方便吧？

被他這麼一說，維希這才想起——她的腳似乎是受傷了沒錯，不過因為沒有特別痛，她也就沒特別去在意了。

原來遊戲裡受傷也這麼……真實？她有點想伸手戳戳看傷口，不過想想這樣做似乎有點蠢，決定還是作罷。

「小傷而已，不用這麼麻煩，隨便弄一弄就好。」無所謂地聳聳肩，她想是隨意拿塊破布包紮起來也就算了。倒是知道了原來就是遊戲裡，受傷也那麼容易，她還是買件長褲來穿好了，不然下次又出了什麼意外，實在會很麻煩。

「聖諭使才能用治癒術。」看了看她的職業，伊修斯以為她打算自己施法解決，雖然他印象中低等級的法師應該沒有辦法施治癒咒……「妳還有任務，處理一下比較好。」

「……」看情況是拗不過他，又懶得去爭辯什麼，她有點煩躁，只得吐了口氣乖乖坐下，「行行，那你那東西借我，我自己來——」

話還未落，眼前少年便已自顧自地蹲下身子，低頭認真替她包紮了起來——維希一下子有點尷尬了，想開口阻止他，又不知道該從哪裡開口比較不像是在嫌棄。

她很久沒給人幫忙處理傷口了，實在教她覺得尷尬得可以。尤其她說話向來直接，容易傷人——雖然她通常並不怎麼介意，不過好歹這人也還算好心，要是嫌棄了人家，倒又像是自己成了壞人……

「會痛？」手邊工具並不多，他微微抬頭，看她表情僵硬，一面拿布沾上清水替她把髒汙清掉，一面幾分關心地問。

「……呃，不會。」不過話說回來遊戲裡面沒有傷口細菌感染的問題吧，處理這麼仔細幹嘛？

確認她並不痛後，伊修斯便簡單地將藥水塗上，準備包紮起來時卻像是突然想起了什麼，手邊動作頓了頓，抬頭又問：「是法師，為什麼要用追的？」

「……」

他的表情看起來很認真，像是單純感到好奇——看得維希覺得尷尬得想回嘴嗆回去，面對那張單純的臉卻又半句話都吐不出來。

她動手動腳習慣了，忘了自己手邊還有法術可以阻止人，不行嗎？

「你玩很久了吧。」不太想承認是自己蠢，維希決定轉個話題回問他，「那天怎麼會在新手地圖？」而且她明明記得他那天穿的也是新手裝——雖然只看一眼，不過由於實在覺得那個跌倒的姿勢太丟臉，她對他印象還是很深刻的。

因為是遊戲的關係，雖然是虛擬實境，但在很多諸如力氣和體力的條件上還是挺超現實，不過也因為是實境，這遊戲的等級並不好練，想玩到六十等級，至少也該玩了三四個月有……

「我有時候會去新手地圖看看。」也沒繼續追問她法師的問題，伊修斯只垂下眼，又繼續替她把傷口包好，語氣倒是很認真，「會長說，要多多幫助新手。」

……所以你就一天到晚去新手地圖閒晃嗎，是有沒有這麼熱心助人？

很想這麼開口吐槽他，不過想想他們還不熟，維希還是選擇作罷。

「你們……會長，這麼熱心？」這話問得有點遲疑，雖然她本身跟公會交集也不大，不過只聽說幹部要他們好好加油練等，尤其是她這個因為奇怪原因被破例以新手身分加入的……不過她公會的會長很安靜，倒是也沒特別聽過她說過什麼話。

「嗯，會長說多幫助新手，然後邀請入會。」將布條打上結，他回答得很誠懇，「不過妳有公會了，就沒邀請。」

「……」所以其實是拿著熱心助人的旗幟到處招搖撞騙，順便騙了這隻好教好騙的小羊幫忙拐人嗎。

大抵能想像出他那公會的會長大概會是個挺活潑的人，維希也沒多問，反正也沒特別在乎。

「總之謝謝你啦，那我先走了。」眼見他已經替她包紮好，起身將藥水收回背包裡，她便拍了拍有點髒掉的褲子起身。

想他來這大概也有事情要辦，原本就沒有打算干擾別人的行程，她便打算在這裡道別。

於是她說完後，便十分灑脫地逕自邁步往她的目的地走——任務提示裡會有導航告訴她該往哪個方向走會看到她要解任務的目標，好讓玩家不用漫無目的地亂走亂找，雖然據說還是會有分不清楚東西南北的笨蛋迷路，例如她的室友范雨薇。

往西北方走不久後，景色逐漸由光亮空曠，變成峭壁和山巔。她看見在巨石陰暗處，有幾個行蹤鬼祟、皮膚慘黑，模樣十分怪異，還長著黑色翅膀的、形似蝙蝠的怪物躲在黑暗處行動，看樣子像是還伺機準備行動什麼……

看來這個就是她的目標了。

將木製的小短杖從背包裡拿出，法杖前方聚起一點白色的光，她集中意念，用所學過的、將那點光芒迅速聚集成光球，然後直直地朝著距離她最近的那個魔族發射過去——

「叮咚！」都還沒確認好到底擊中怪物了沒，她便突然聽見系統介面傳來通知：「玩家伊修斯邀請您加入隊伍」。

隊伍？什麼鬼？

——因為玩法師這職業、練習施法要比平常專注認真的關係，導致她一下被那個通知聲給嚇了一跳，怕又一個不小心又沒抓準施法的時間，於是下意識就趕忙伸手去點了確認，好像還漏看了什麼，就順便通通給一起給點了下去——

而確認完她才想起。伊修斯？這傢伙邀請她加入隊伍幹嘛？

不對，這人不是剛剛就該走了嗎？

「新手自己不好練等，我跟妳一起吧。」

熟悉的聲音驀地從後頭傳來，維希驚得一顫，再次被他嚇了一跳。而還沒反應過來，她便見他提起雙弩槍，抬手便往那隻魔族怪物射去，「砰砰」便精準地擊殺了兩個，同時她的任務列表也多了擊殺兩個魔族怪物的紀錄。

「……你什麼時候站在那的？」

瞪大眼睛看向他，她差點以為是哪裡來的背後靈——他走路都沒有聲音的嗎？嚇死人啊這傢伙！

「……我一直都在妳後面。」表情有點無奈，伊修斯定定地看著她。

她剛才拋下那句話就走了，也沒留給他說話的機會，他就只好在後面默默跟著，看她哪裡還需要幫忙的……「要找妳說話，但找不到機會。」樣子挺無辜，他開口。她走的速度挺快，不認真跟著的話感覺會跟丟啊。

「……哦。」總覺得這句話聽起來，很像他是她背後靈之類的東西……維希一下子不知道該回應他什麼。跟在別人背後是他的興趣嗎？

「你是沒事情做很無聊嗎，帶新手很麻煩吧？」皺皺眉，她覺得自己已經搞不太懂這人的想法。他是卡等懶得練，還是嫌時間太多？

她玩這遊戲一周了，還真是第一次見到有人可以這麼鍥而不捨地想要「幫忙」她。

「還是新手的時候，也有人帶過我。」回答得很認真，伊修斯的樣子就像是想回報傳承個什麼「把愛傳下去」之類的活動似的，「我沒什麼事情，不麻煩。」接著回應她的問句，他微微聳肩，表示自己並不介意。

「……」還真是善心啊，維希不禁感嘆。自己根本懶都懶得理那些天天喊著要人帶的新手……

「既然你都這樣說了，那我就恭敬不如從命了。」有個六十等級的高等玩家主動說要幫忙，她沒什麼拒絕的理由，事實上也確實會方便很多——既然他這麼熱心，她也就乾脆答應下來了，反正又不吃虧。范雨薇雖然等級高，倒也根本沒時間陪她練，那傢伙上線的時間都是去找男友的。

雖然是聽說過，玩這種網遊的，多少都會有些找不到女朋友的宅男變態，憑著各種詭異的手段到處騷擾把妹。反正她自認自己也不是個正妹，這人長得也不像個宅男——要是真有這種人，她再一腳踹了這人順便加入黑名單也不難。

當然她絕對不會說——她根本不知道怎麼把人加進所謂的黑名單裡。

伊修斯很少話，徵得她同意後便沒再多說什麼，拿著武器便默默地幫忙她解決怪物起來。維希這才發現，自己要是沒說話，這傢伙的話根本要少到讓人以為他是ＮＰＣ。

不過出乎她意料的，他發現伊修斯的動作很敏捷，走路的聲音也真的很小，甚至能在較低的峭壁之間跳躍埋伏，簡直就像天生的遊俠……

有人幫忙之後，完成任務的時間和經驗值增加的速度都快了一倍。接取連續任務時不用來回跑，於是她就順著下去將一連串的清理任務全解完，轉眼竟然也升了兩三個等級，比她平時的速度要來得快了很多。

「不休息一下嗎？」難得地主動開口，伊修斯看著天色逐漸暗了下來。他的系統介面正在提示他已經開啟遊戲超過了三個小時，不過他直覺她打開遊戲的時間應該比他要來得更長。

「還好。」轉了轉有點痠痛的胳膊，維希扭了扭脖子。這還算小意思呢——過去連續工作八個小時，兩份不同的工、她可都沒嫌累過。

「妳很喜歡玩遊戲？」看她還興致勃勃打算繼續練等下去，伊修斯頓了頓。總感覺她看起來，並不像是特別喜歡玩遊戲的那一類人……

「沒特別喜歡。」有些古怪地看了他一眼，維希轉頭看他，「只是剛好沒了工作，聽說那個ＰＫ賽爬名能拿獎金，也暫時沒別的事做，就想試試看罷了。」聳聳肩，她其實也知道要爬那個比賽並沒有那麼簡單——基本上，從實際瞭解賽制和榜上的高手們究竟都玩了多久後，她就知道范雨薇又坑了她一回。

不過就當打發時間也沒什麼不好，只是做每件事情總要做到最努力、最好，向來是她的行事準則。

——ＰＫ賽嗎……

伊修斯聞言，看著她拚命的模樣，又看了看她的等級。想短時間內去挑戰那個，確實不簡單——沒想到她的目標是這個。

她總讓他感覺有些奇妙。她在這遊戲裡頭總帶著股與世隔絕的違和，一起練等的三小時裡，也沒見過她和誰說話，但真和她說話，又發現她似乎並不那麼排斥和人交流？

「我看你也沒特別想玩遊戲嘛，又怎麼會玩？」挑眉，維希見他又沉默，於是笑著反問了句。這遊戲在市面上的價格可不便宜，要不是范雨薇特地拗了頂實境頭盔來給她，她根本不會想花這錢去買。如果不是本身特別喜歡玩遊戲的話，基本不會想花大錢來玩遊戲的吧？

「同學拉來玩的。」回答依舊很簡潔，伊修斯想了想，「練等很麻煩，沒特別想練。」他從來就不是練等狂，雖然也並不像其他不練等的女生一樣特別熱衷於聊天。

「所以你就乖乖聽你們會長的話，到處尋找新手幫忙？」莞爾，維希揚眉調侃。

「嗯。」他定定點頭。

「……」被他這特別誠懇的反應弄得有點說不出話，維希抽了抽嘴角，「你還真老實。」這小綿羊的模樣，八成到處被拐。

「是嗎？」微微蹙眉，伊修斯指了指自己。他很老實？倒是第一次聽到這樣的評價。

「……」

這種和人連玩笑都開不起來的感覺還真是讓她哭笑不得。

☆　☆　☆

後來並未在線上再待上太久，把等級提升到二十五之後，沈維彤便和伊修斯告別，關機下線，準時出門買晚餐回來，繼續做報告。

然而才剛將電腦開起，她習慣地打開LINE查閱有沒有漏看的重要訊息，便看見群組裡系學會會長公告通知：「明天期初系大會，各年級的人都要到！也請各位二年級的同學來認你的學弟學妹……」

——啊，說起來是又到了這種時候。

認識自己的直屬什麼的、大學特有的麻煩制度。

煩躁地皺了皺眉，她將群組訊息稍微點開瀏覽了一下，有點煩躁地抓了抓頭，又將群組調回關閉通知，只覺得自己實在不大想去。

那種事情麻煩透了，去了也沒什麼事情好做，也不過就是坐在那裡聽人廢話而已——她向來不太參與系上事務，也沒擔任過幹部，更別說她從一年級時就連她直屬學長是哪位都不知道。

除了被強迫寫的那個直屬小卡活動時，她曾經收過直屬學長潦草到神奇的字跡，之後就再也沒有聯絡過了。

不過說到直屬，范雨薇倒是和她的直屬學妹感情挺好。每天總會看她和學妹互相用LINE或是FB之類地社群軟體聊上好一陣子，還經常各種指導和幫忙，讓她覺得她還真是有耐心到了令人佩服的程度。

「怎麼才剛關了遊戲，又在嘆氣？」看她剛才買晚餐回來時明明還心情不錯，轉眼又是滿臉煩躁的模樣，范雨薇疑惑地探頭過去問。

聞言，沈維彤只隨意地扒了扒頭髮，一面吃飯，伸手將落下去的眼鏡重新架回鼻樑上，「沒什麼，只是系上說要參加系大會之類的東西，想到就覺得挺煩。」

「欸——會嗎，我覺得那還好啊。」眨眨眼睛，范雨薇頓了頓，「不過，維彤，你們都沒有什麼直屬聚會週之類的嗎？我記得系大會也可以看到自己的直屬……」

「拜託，我根本連我直屬是男的還女的都不知道。」無所謂地聳聳肩，她反正原本就沒打算要去找直屬學弟妹打好關係，畢竟她也是自己自立自強來的——對方也未必就需要她這個學姊吧？

當初公布直屬名單時，她連看都沒去看，更遑論她會知道對方的性別和名字了。

范雨薇不禁感到驚訝，「居然嗎——我還以為，維彤會是很照顧學弟妹的類型呢。」

畢竟雖然我行我素，但只要有人需要幫忙，沈維彤雖然嘴上說麻煩，卻不會拒絕，還是個幫忙幫到底的人，也算得上十分有義氣……還以為像她這樣，會有個可愛的直屬小學妹之類的。

「麻煩死了。」不置可否地聳聳肩，她懶懶得回應。

不過說到直屬……遊戲裡那個伊修斯，感覺看起來和她差不多年紀吧？看起來就是個乖學生，還特別善心——要是有這種人當直屬學長，他學弟妹應該挺幸福的？

下意識地低頭看了看今天膝蓋受傷被包紮的地方，雖然現實裡，她當然是沒有受傷的——不過那傢伙，感覺很擅長包紮啊，弄得挺講究的，還特別較真。

遊戲裡也會流血，會受傷，那要是死亡了，不就也等於真實地死過一次？

……想想還真是有點恐怖，她決定還是別繼續想下去。

不過，大概不會再有第三次的碰面了吧？

「——維彤，妳來啦！」

於是隔天早上的課程完成後，她便乖乖到聚會地點報到。

她念的是經濟系，算是介於理組和文組之間的商科科系，男女比例佔各半。她在系上也有幾個經常一起分組做小組作業的朋友，關係不特別親密，但還算挺有默契。

「維彤一定是來簽名的。」她另一名朋友見她神情幾分不耐，於是壞笑道。

而她不置可否地聳聳肩，「簽完名就走。點名簿在哪？」
「幹部還沒來，叫我們要先在這裡等一會，人都到得差不多了才能簽到。」
……居然還有這招，專治她這種人的嗎。
三年級的大多在交棒幹部後便不再管系上事務，四年級的學長姊則大多都在為了畢業專題頭痛，或還有些學分還沒修滿的、主修被當掉過的在進行補救……當然還有更多像她這樣懶得參與的二年級生，於是到場的，陸陸續續幾乎都是一年級。
一年級生總是乖一些，而她坐在最後頭的位置，看著前面一排排看起來都還有些緊張或期待的學弟妹，突然倒覺得自己似乎心態老得特別快。
「——可以來簽到囉，二年級的先來！」
聞言，沈維彤便忙跟著朋友過去排隊，找到自己的名字後便潦草地拿筆簽下。正打算趁亂就提著背包就走人，一旁的朋友卻忽然拉了拉她的背袋：「欸欸維彤，妳看那裡！」
「什麼？」皺起眉頭，她被叫得疑惑轉過頭去，只看見排隊人潮擠滿了視線——根本搞不清楚對方要她看什麼東西。
「這屆的學弟妹啊，很多都長得很好看欸。」拉住她的是個和她經常同組的男生，一個勁地拉著她想討論，語氣聽起來興致勃勃的，「妳看妳看，那邊那學妹長得好正……」
「行行好，別到處禍害人家。」翻了個白眼，她對他們這些總對「學妹」抱持美好幻想的笨蛋基本懶得理，轉身就打算走。

何況你看人家漂亮，人家還未必想理你呢。

「欸——沈維彤，這麼冷酷？妳看看那邊那學弟長得也挺帥啊，聽說很多別系的女生都特地跑來看他，連家馨她們都蠢蠢欲動的想要LINE耶……」

沒再去聽他在背後評論哪個人長得又多好看，她在心裡暗啐他們外貌協會。不過人多少都喜歡看樣子好看的事物，她也沒什麼資格說人家就是了——

倒是這種評論別人外表的事情，她就懶得湊一腳了。

「——沈維彤……」

然而在她瀟灑轉身離去後，褐髮少年站在點名簿前，看了看上頭龍飛鳳舞的簽名字，又看了看手上寫著這三字的小字條——是一樣的名字。

轉頭，他看著少女背影快速消失在盡頭，像是若有所思地，喃喃重述了一遍她的名字……

章二－雨季

「維希，這邊有點可以卡，適合妳在這裡練，看妳要不要過來，旁邊這邊怪比較多妳不方便，可以給我……」

「欸女神你的技能很擋路欸，不要來這邊搶我的怪啦！」

「哈哈哈，怎麼樣，小裴蘿，是不是覺得我剛剛那招帥爆了——」

「吵死了，你再吵，我就叫維希一起黑單你！」

……

隊友頻道轟轟烈烈得吵得很熱鬧，維希抽抽嘴角，無奈地看著那邊兩個不知道到底是來玩鬧，還是來幫著她一起解任務的人，又突然對這種熱鬧感到有些不慣。

也沒管自己的職業應該是遠距離攻擊的法師，她習慣地提著短杖上前，憑空生出好幾枝以白色光芒凝聚而成的箭矢，迅速將眼前怪物解決，而後又令不遠處的地面生出光陣，一片白光之後，便將周圍的怪物一瞬掃光。

嗯，很好，熟練很多了，總算玩起來還有點看頭。

「拜託，肖恩女神，我的隊友頻都是你的聲音。」手邊空下來後便抬眉往那邊紅髮青年看去，維希似笑非笑地勾起唇角應和，然後便如預期中地看著那個手裡拿著雙劍的紅髮青年炸毛：

「乾，什麼女神，是男神！居然連維希妳也亂說話！」

——那邊被稱作「女神」的青年ＩＤ叫做肖恩，是個九十二等級的雙劍使。

一頭紅色短髮能看出被仔細地抓整過、及一雙同樣赤紅的眼眸，身形頗為修長。模樣雅痞帥氣，一身黑紅軍服，還穿了件浪人披風，搭上手上兩把雙劍，乍看之下還挺帥氣。

不過一開口就全部把外在形象破功倒是真的。

「哈哈哈哈哈……」另一旁橘金髮色的長髮少女聞言笑得很歡，幾乎是整個捧腹大笑起來，「就說你是女神吧，我總有一天一定要讓整個雨季的人都叫你女神，哈哈哈哈哈……」

另一邊那個手持精緻藍色長杖的少女ＩＤ名叫裴蘿，是等級八十的水元素使。

一身淡藍色外觀洋裝，長捲髮束成低馬尾，和一雙湛藍顏色的大眼睛，個子嬌小，模樣也算清秀可愛，只是講話起來倒是大咧咧的，個性也很活潑。

肖恩和裴蘿，都和維希同樣是公會雨季的成員——因為某次任務道具實在太過難找，她打轉了半天也不見蹤跡，只好上公會頻道問了句，結果熱心的肖恩就親自跑了過來教她怎麼取得道具，看她等級還低，還就乾脆留在新手地圖帶起了她來，之後也就聊成了朋友。

明明是九十二等級的高等玩家，倒是閒得很啊……維希默默感嘆，原來像伊修斯那樣子無聊的人還真不只一個。

而關於這點，肖恩則說：「玩遊戲又不是特別為了練等級，反正到處帶帶新手啊、交交朋友啊，不是也很好嗎？」

至於裴蘿，則是某次獨自跑來找肖恩時，同她一起認識的水元素使。

似乎裴蘿原本和肖恩就是朋友，性格也挺隨和，還給特別重視外表又自戀的肖恩取了個「女神」的綽號。

自從認識他們倆後，她的隊伍頻道就再也沒安靜過了……她都不知道自己該高興還是難過。

而「雨季」——則是他們公會的名字，據說是台服裡頭，和另一個公會「緋穹」互相爭鬥、排名數一數二的強大公會。

雨季的會長名叫希霏，是個等級封頂的水元素使，她只有見過一次，是樣貌十分漂亮的女性，給人種不可高攀的優雅氣質，但只見過一眼便令人難忘。

不過說是這樣說，她倒也一直認為那位會長或許並不如別人說的那樣高不可及——至少當初就是她讓她這個才不過剛加入遊戲的菜鳥新手入公會的。

身為數一數二的公會，雨季自然也有些入會限制，例如等級至少要到達八十三轉。范雨薇和她男友都已經玩了這遊戲有好一陣子，兩個人早就八九十等級有了，只是她拖她進來玩這遊戲，就信誓旦旦地說了要讓她加入同個公會裡——

「吉兒，妳也知道，我們公會原本就規定要三轉才能入會，妳當初也是三轉後才加入的……」

「可、可是維希她很強的！她一定很快就能達到三轉！」

「但是現在她才十等啊……」

「……喂范雨薇，其實不加公會我也沒差啦。」

才一轉離開新手地圖後，維希就被好友拉著去了公會領地央求其中一位副會長讓她加入——她看著那個副會長很苦惱，她也看得很尷尬。

范雨薇——吉兒大概不想她一個人窩著玩，很堅持想讓她加入公會。問題她就算加入公會了，也還是一個人窩著玩啊？

在後頭拉了拉好友的衣服，她才打算開口勸她打消念頭，便忽地看見一名金髮女子從背後經過，而後逕直走入了公會領地裡——大概一眼吧，那個人也就這麼淡淡地瞥了她一眼，隨後她就發現她的系統介面裡，突然就出現了雨季的公會邀請。

「……」

於是所有人一起沉默。

而她那時還不熟悉操作，還不太明白那是什麼通知，也就十分迅速地按下了確認鍵……直到加入公會後才知道，原來遞給她公會邀請的正是鼎鼎大名的公會長本人，叫她都感到驚奇萬分。

……真是個行跡難以捉摸的會長啊，自己訂下的規矩自己打破嗎？

不過她也懶得去問讓她加入公會的理由，只知道副會長囑咐她要好好努力練等，大概怕敗了門面吧。

「登」地一聲，她周圍忽地出現團團光芒圍繞上升的特效——系統提示她的等級達到四十了，同時任務欄還出現了轉職任務。

「小維希，這邊的任務都ＯＫ了嗎？」看她停下了動作，肖恩便跟著停下來，到她身旁問。

「嗯，可以回城了。」點點頭，她看了看時間——兩小時，她還可以繼續下去解轉職任務。

「還有，別叫小維希好嗎，聽起來怪噁心的。」嫌惡地皺皺眉，她說罷便逕直往離這裡最近的回城傳送石那裡走去。

對於肖恩喜歡給人亂取綽號的毛病，她至今還不是很能習慣，而且每次聽了都很想直接把武器丟過去砸人。

「哈哈哈哈哈……好好好，不叫小維希，叫小希希——」

於是她直接施了個雷咒往肖恩的頭砸下去。

☆　☆　☆

伊利亞特學院位於奧德賽大陸的埃忒耳中心，位置比皇城更為隱密。

除了卡俄斯大陸上空的穹之都外，便是奧德賽大陸中央的埃忒耳，和臨於卡俄斯的港都查克最為熱鬧了。

搭船到奧德賽後，經由馬車到大陸中央，經過衛兵盤查身分後便能進入皇城。一路上人來人往的，仰頭便能眺望偌大華美的白色宮殿，一旁有駐街販賣商品的ＮＰＣ，也有來此找尋寶物的玩家——和穹之都不同，埃忒耳皇城的街道都會有衛兵來回巡邏，氣氛沒有穹之都自由喧嚷，不過不定時也會在這些商家之中，出現一些限時販售的珍稀寶物。

所謂皇城，顧名思義，便是住著遊戲世界裡頭，所謂皇族的區域。統治著兩塊大陸、據聞不過年僅八歲的國王忒彌斯便在此處，而整個納西罕斯皇族，更是已在人類世界中統治長達數百年。

而繞過宮殿走出皇城後，穿過一片樹林，便能看見一幢群樹環繞，以白和藍整齊搭建而成的尖頂建築——靜謐而乾淨，彷彿遠離塵世一般，那便是培育著大陸上眾多優秀菁英的伊利亞特學院了。

每個職業二轉都在四十等級，可以在烏拉諾斯進行，也可以到所謂的伊利亞特學院接取任務……她沒來過這裡，總覺得有點好奇，就在接任務時選擇了學院，反正一直窩在卡俄斯的練功地圖，她也待得挺膩了。

「裴蘿轉職時是在穹之都，還是在這裡？」好奇地轉頭過去問，維希得到守衛允許後，便邁步同夥伴一起走入學院中，準備找尋ＮＰＣ。

「我是在穹之都耶，因為那時候懶得跑來這裡。」聳聳肩，裴蘿張望了下四周，表情還有點懷念，「感覺好久沒來這了——真懷念啊。」三轉後的升級道路幾乎是在卡俄斯刷副本，她懶得一直打一樣的東西，又沒什麼機會再回到奧德賽，結果久而久之就養成窩在公會領地聊天的習慣了。

「唉，裴蘿弟弟那麼懶，學院的老師太久沒看到裴蘿，現在可能都認不出來了。」搖搖頭嘆氣，肖恩煞有其事地作憂愁模樣開口。

「喂喂，你那是什麼意思？」不甚愉悅地斜睨過去，裴蘿皺眉。還有那個弟弟是怎麼回事？

肖恩挑挑眉，「因為裴蘿都不運動，太胖了，發福了，所以老師肯定認不出來了……哈哈哈哈哈——」

「你去死！」被他那話一下子激得跳腳，裴蘿青筋一跳，怒得舉起長杖來，便打算放出冰柱往肖恩砸過去——

「我看是肖恩變得太美了，你的教官才認不出你吧？」揚眉，維希開口幫著裴蘿回嘴了句，難得地一同加入了戰局。

「喂喂喂什麼太美，我是變太帥好嗎，小維希你不能口是心非啊——」不滿地出聲嚷嚷，肖恩頓了頓，看了看她兩人的表情，轉眼又自我陶醉起來，「我知道了，一定是我剛剛殺敵的英姿太過帥氣，維希不好意思說，才用這種方式……真是的，小維希，如果喜歡肖恩哥哥的話就應該說一聲啊，哥哥不介意多幾個粉絲的……」

「砰！」同時將冰柱和光雷打到了肖恩頭上，維希翻了個大白眼，「你可以閉嘴嗎，吵死了！」

反應神速地立刻用雙劍交叉在頭上阻擋兩人的攻擊，肖恩眼見平時少話，又我行我素的維希竟然也漸漸和他們開起玩笑來，反倒是笑得更歡了，「哈哈哈哈哈……小維希不要傲嬌，哥哥我知道妳只是害羞——」

於是下一秒，維希決定直接身體力行，一腳往身後青年踹了過去。

險險地躲過那一腿，肖恩看著旁邊偷笑得很開心的裴蘿，又見前方ＮＰＣ的提示指標越來越近，聳聳肩，選擇暫時安靜。

真是暴力的小維希——脾氣這麼差的聖諭使他還是第一次看見，雖然說是未來的。

「妳就是維希嗎？」

作為法師教官的NPC是一名叫做迦勒的中年男子，模樣和藹可親，身穿巫師袍，留著長長的山羊鬚，笑起來也十分親切。

「妳選擇的是前往神聖的道路啊。」接過推薦函，迦勒查閱了她截至目前為止所選的技能和元素屬性，而後笑笑，「那麼，妳確定要走向巫師之途了嗎？」

「是。」

迦勒呵呵地笑了，隨後闔上手中書本，「只要找到代表光明之物給我，我就認可妳有成為巫師的資格。」神情很認真，他道：「時間限制為三個小時——去吧，我相信妳可以的。」

☆　　☆　　☆

「代表光明之物……」

得到提示後，三人便毫無頭緒地在皇城附近繞了起來。

說到光明，最熟悉的大概就是亮晶晶的東西了吧？其實每個職業的轉職流程都應該是固定的，可是偏偏他們這裡沒有聖諭使可以拿來問……

「啊啊啊——到底什麼是代表光明的啊？」

苦惱地抓頭大叫，維希有點煩躁——為什麼光明系路線的巫師轉職會這麼麻煩又抽象！這是到底要讓她帶什麼回去給他看啊？

「我也不知道……」裴蘿的表情很無辜，「當初我的題目是『如水淨澈之物』，就跑到蓬托斯去找了，後來找到的是一顆蘊含水能量的寶石……我想大概也是要找那個吧？只是不知道維希的會在哪裡。」搖搖頭，她實在想不太到有哪個地方出產的東西，會和所謂「光明」有關。

因為蓬托斯正好是位於卡俄斯的水底都城，當時一聽到這題目，她當下就毫不猶豫地到那找了。再加上正好會長女神也是水元素使，基本上她解這任務沒什麼懸念。

不過，「光明」……這還真是挺麻煩的。

「你們法師的轉職任務還真抽象。」以表同情地吐槽了一句，肖恩覺得還是自己選的戰士要來得帥氣簡潔得多了。轉職任務也不過讓他們去大陸四塊區域尋找四種元素的結晶石——雖然是很麻煩，但至少很具象。

三個人陷入了苦惱中。

要不還是乾脆先回公會總部，問問公會的聖諭使算了？雖然每個法師轉職要找的象徵物地點總有些許落差，但至少還有點頭緒……

「有什麼需要幫忙的嗎？」

溫厚男聲忽地由後頭傳來，引得三個人疑惑地同時向後看去——銀白短碎髮的聖騎士正站在他們後頭，身著一身白色騎士袍，斯文清俊，修長高挑。

維希站在肖恩和裴蘿後面，還看不太清青年的長相，只聞肖恩回應：「嗨嗨，我們在找聖諭使的轉職道具，不知道你曉不曉得哪裡能找到……」

「……維彤？」

目光穿過兩人，青年的目光直直望向維希，詫異而驚訝地開口叫換出聲。

維希被喚得一愣，這才認真去看了看青年的樣子。雖然是銀髮金瞳，但他的模樣倒是和記憶裡某個熟悉的人的樣子，逐漸相疊了起來……

「──周建禹！」

☆　☆　☆

周建禹──那是和她從小一起長大的青梅竹馬哥哥，大她三歲，目前已經畢業，據說在一間不錯的遊戲公司任職。

她和周建禹因為不同的原因，自幼失去父母，一起在孤兒院裡頭長大。只是後來她被一對結婚數十年，卻始終膝下無子的老師夫婦收養，周建禹則被另一對小家庭夫婦收養。一開始他們倆還因為區域關係而念同一所學校，直到後來周建禹考上大學，就只剩下社群網站上的聯絡了。

雖然幾年中，周建禹也曾特地來找過她，請她吃飯或是喝喝咖啡……不過直到她考上大學，也開始忙碌於工作之後，就沒什麼時間能碰頭了。

想不到……竟然會在遊戲裡遇見他。

「想不到維……維希也會來玩網遊。」有些不好意思地撓頭笑笑，ＩＤ名叫米雅各的聖騎士領頭帶著他們往任務目的地走，一面和久未謀面的朋友敘舊。能夠見到她，他實在太高興了，一不小心就叫出了她的名字……幸好她並不介意。

「我也想不到你這傢伙會來玩遊戲啊。」抬起手肘撞了撞他，維希一副哥倆好的架式，笑得也有幾分懷念，「想你當初可是超級好學生，連手遊是什麼都不知道，怎麼會來玩？」而且看他都玩到九十等級了，想必也是玩了很久——不容易啊這傢伙。

「我任職的公司，正好是協助開發這款遊戲的遊戲公司。」莞爾笑笑，米雅各偏了偏頭，聲音稍微收得小了些，「雖然我是行銷部門的，不過總還是要瞭解一下遊戲運作。也當作巡一巡哪裡需要改進，探查民情吧。」聳聳肩，他眨眨眼，又將食指擺在唇前道：「噓，這個請對你兩位朋友保密。」

「嗯哼。」維希跟著聳了聳肩頭。

原來這傢伙是類似ＧＭ那樣的工作人員啊，難怪明明是劍士，卻知道法師的轉職流程——

跟著米雅各一路從埃忒耳走到位於奧德賽大陸西南方區域的西納森林，周圍的樹木逐漸高聳起來，幾乎高得要看不見天空。

西納森林——落於奧德賽大陸西南方，居住著妖精族和少數矮人族，據說數千年前曾與卡俄斯大陸的蓋婭森林相連，因而兩地氣候和植物類型都十分相近，只是因千年演化後，居住的種族和動物都不大相同了。

西納森林也是法師們主要接取任務的地點。千年前，似乎還有精靈族在此地居住，只是從大戰之後，精靈族便一瞬絕跡無蹤了。

「西納森林和蓋婭森林有個隱藏的連結點。」一面帶領他們走進森林，米雅各回頭對三人笑笑，「光明系巫師的轉職任務道具，要從蓋婭森林走。不過回穹之都再過去的話會耗費太多時間，抄捷徑比較方便。」眨眨眼，他笑了笑，一派輕鬆的模樣。

「原來這裡還有捷徑可以過去？」裴蘿感到很驚奇。她之前在這裡待了那麼久，都沒發現過那種東西啊！

「唉，裴蘿弟弟那麼懶，大概都隨便解一解就過去了，當然不會知道那種東西。」聞言，肖恩嘆氣搖搖頭。

「乾，你不是也不知道，還說我！」

「我是劍士啊，可是妳是法師，妳看不知道就遜掉了。」

「欸維希也是法師啊！你這樣地圖砲好嗎——」

沒等肖恩回應，維希便煩躁地隨手扔了個小小的冰魔法過去，皺眉，突然便在一棵大樹前停住了腳步，像是思考起什麼，「肖恩你吵死了，能不能讓隊友頻安靜點？」有點含恨這遊戲沒有禁言的功能，她轉頭危險地睨了他一眼，又復而看回大樹。

那棵大樹上似乎刻了某種咒文，看樣子是密密麻麻的魔法陣，雖然已經有些殘破斑駁，但像是什麼開關似的……

「維希，怎麼了？」見她突然停下，米雅各疑惑地回頭，只見她將手掌貼在她面前的大樹上，不知道在思考著什麼。

「這裡看起來好像有東西，不知道是什麼……」

蹙眉，維希正思考著該如何啟動那個法陣，便忽地聽見一道柔弱女聲傳來：「……孩子……妳叫什麼名？」

什麼聲音？

聽起來好孱弱的聲音……名字，是在問她的ＩＤ嗎？

「維希。」沒猶豫太久，她隨即出聲回應，所有人卻疑惑地轉頭看她，她這才發現，似乎只有她聽得見那聲音，卻仍沒躊躇地再次開口重述：「我叫維希。」

「嘩——」

——話方落，她聽見一旁傳來窸窣聲響，而她轉頭，便見倏忽眼前出現一道大門，從巨大的白色魔法陣中浮現而出！

所有人都被驚得嚇了一跳，而她蹙著眉頭，轉回頭去看向米雅各：「這是什麼？」

米雅各頓了頓，思慮地看向那道門，卻也是茫然。「應該是隱藏任務吧。」有些比較隱密的任務他也沒仔細解過，不知道這裡竟然還有機關……「維希，妳的轉職任務還有多少時間？」

「兩小時。」

「時間應該還夠，要進去看看嗎？」

看著眼前似乎已有些斑駁的大門，維希想了想，又看了看後頭兩個夥伴，聳肩笑道：「既然都找到了，那就進去吧！」反正時間不夠的話，大不了重接任務就是了——

玩遊戲要是不帶點探險精神，就一點也不好玩啦！

推開大門而入後，眼前所見的，是一座空蕩而安靜的大殿。

能從外頭的風景知道殿堂似乎是位於雲端之上的高處，卻不清楚自己究竟是身在何方。她稍微張望了下四周，只見這殿堂是希臘式建築，以許多白色圓柱支撐而成，上方刻畫著許多神話的圖像或是雕刻，聖潔而華美，還有幾扇門不斷延伸通往內部，卻不知道是往哪裡。

——似乎是個近似於供奉著神的神殿之類的地方，只是安謐得有些太過空蕩，牆柱也有些斑駁殘破，像是已經很久沒有人來過這裡，也沒有什麼維護整修。

不過她回頭卻發現，進入大門後，她和隊友似乎被傳送點給打散了，不知道其他幾人跑到了哪裡去。

算了，不重要，待會再用隊友頻道聯絡就是了。

「這裡是……時間神殿？」疑惑地點開系統介面查閱地點，維希看著那個陌生又熟悉的名字。那不是高等級玩家才能去的地方嗎？聽說最終封頂副本也是在時間神殿，還有很多難纏的高等怪物……

「是時間神殿。」

乾淨清透的聲音驀地由另一方響起，她疑惑地望過去，只見伊修斯從另一方走來，猜測大約是由正當的路口過來的。

……等等，這傢伙怎麼也在這？

「維希，怎麼會在這裡？」

「……」維希覺得自己比較想問他怎麼也會出現在這裡。

伊修斯看她面部表情有點僵硬，似乎還帶著點困惑，於是頓了頓又應：「好友系統可以追蹤。」

「好友系統？」維希皺眉。她從來沒開過那東西——等等，他是什麼時候加她好友的？

點開好友介面，裡面還真有伊修斯的名字……見鬼了，她完全沒有印象！

「邀請隊伍的時候一起的。」伊修斯的表情很無辜，「妳怎麼自己在這？」

「……」原來她那時候手忙腳亂按下的確認鍵還包括了好友邀請嗎？「原本在解轉職任務，無意見碰到了隱藏入口，就跑來這了。」無奈聳了聳肩，她看他一臉無辜的，原本打算罵他加個好友也不說一聲，到了嘴邊只好又吞了回去。

行行行，她自己沒注意到，她的錯就是了。

不過話說回來，這傢伙也消失了一周沒出現——突然間冒出來是要嚇死誰啊？

「轉職……」默默地看了看她的等級，伊修斯這才發現她也已經四十了，心裡不由得佩服起她的毅力。「最近迎新沒玩，妳練真快。」

迎新？維希眨眨眼，歪頭，「你大一？」這麼巧，他們系上上周也在辦新生迎新——只是她不是幹部，就沒去參與。

「……嗯。」面部表情不知怎麼的有點怪異，伊修斯慣來沒什麼表情的臉微微抽動了一下。

「原來你還小我一歲啊。」也沒去太注意對方的怪異，維希得了他回應後，便逕自走入神殿裡頭，好奇地四處張望起來，「倒是不知道這個特殊傳送點有什麼意義？居然還把人全部打散了……」

「——維希！妳在哪裡！」

隊友頻道裡驀地傳來裴蘿的呼喊聲，似乎還帶點著急。維希聽見裴蘿一喊，這才想起還能打開好友名單打算追蹤座標——卻發現似乎偵測不到。

「追蹤系統進來後就失靈了。」伊修斯看了看四周，「跟著妳觸動機關，晃了一下才遇到妳。」

「……」那你不會早點說嗎，還以為你是正門來的來著。「時間神殿不是高等級地圖嗎，怎麼會追蹤不到座標？」

「——這裡似乎不是時間神殿，好像是另外以神殿為基座的副本。」才剛對眼前的伊修斯這麼發問，她便聽見隊友頻裡出現了肖恩的聲音，「維希，我找到裴蘿了，這裡不大，稍微晃一下應該能遇到。妳跟妳那位朋友一起嗎？」

知道肖恩所指的應該是米雅各，她聞言想了想，又看了看眼前眼神有點茫然的伊修斯，為了方便溝通，決定先把他一起拉進隊伍裡頭：「沒看見他，不過遇到了另外一個朋友。我們分散找找看突破口，待會再一起會合吧。」

「好。」得到回應後，肖恩出聲回答。

「維希？」隨後也從隊伍頻道裡聽見了米雅各的聲音，他的語氣聽起來微微帶些著急，「我這裡只有一個人，沒看見別的……那我自己找找看，待會再和妳會合。」有些匆忙地迅速行動起來，他心裡不免有些擔心。她畢竟才四十等，雖然說這裡不是真正的時間神殿，但還是怕她會遇到什麼危險……

「嗯，你自己小心。」沒思考太多，維希開口回應，隨後便見伊修斯按了確認鍵，加入了隊伍。

「我和隊友被打散了，不過這裡不大，似乎是隱藏副本，應該找到突破點就能出去吧。」聳聳肩，維希看向他，「一起走？」

「嗯。」淡定地點點頭，伊修斯出聲回答，隨後從背包裡頭拿了些補充體力的藥水和乾糧遞給她，「我在前面吧。」說罷，他便逕自走到她前頭，前往離自己最近的大門走了過去。

沒料到他的舉動，維希一時有些摸不著頭緒，只得在後頭跟著他往前走。

她還真是頭次覺得，原來男人也可以比女人難懂——尤其這人話少，每次幾乎都不太把話完整表達完。

在他們附近有幾扇大門，沿著門的方向走，能見到每個門上頭分別刻著各個不同的人物圖像，像是神祇之類的刻像——其中最為壯闊的門上卻不是刻著人像，而是以太陽、時鐘和月亮所組成的圖騰。

伊修斯有點遲疑，「應該是這裡。」

他也沒有碰過這個隱藏副本，不過看這扇門最特別，想必突破口就在這裡了……只是不曉得會不會有太強大的BOSS在後頭。

要是他頂不住，等級只有四十的維希就是必死無疑了——儘管只是遊戲，也不會有人想面臨死亡的情況……還是該等她的高手好友到齊後再進去？

「愣著幹嘛，是這就進去啊。」奇怪地看他頓在門口不動，維希毫不猶豫地越過他，直直將門推開，「大不了就是被BOSS打趴，有什麼好可怕的——」

沒料到她會這麼直接去開門，伊修斯一愣，還來不及做些什麼，便見眼前一道光芒襲來，將他兩人團團包覆——

☆　☆　☆

後面，大扇大門上刻印著的太陽、時鐘、月亮圖騰　地泛起白光，而眼前照射而來的強光令他們一瞬睜不開眼，只似乎看見些片段影像——破敗的神殿、團起圍攻的魔族士兵、遭到屠殺的時間神殿，還有支撐在主殿之前，渾身浴血的祭司少女……

「我絕對不會把神殿讓給你的——」

「因為救了那個小子而害了整座神殿，妳後不後悔？呵呵呵呵……」

伸手努力想遮住光芒，她看見開場動畫時那個氣焰囂張的惡魔，正對著「她」盤問——像是又被送入了另一個劇情動畫裡頭，然而她的容貌和模樣卻並不是自己，而是變成了另外一個人……

這是……支線劇情？

她是那個畫面裡頭，那個為了守護這裡，奮戰到最後而慘死的女祭司嗎？

強光閃過後，她不適應地眨了眨眼睛，只聽見後頭傳來門扉闔上的聲響——「砰！」地一聲，她回頭，便見伊修斯就在她旁邊，也正回頭看著她。

彷彿那些畫面只是錯覺，只過了一瞬間似的……

門後的空間是一座大廳，廳子裡頭比外面還來得整齊乾淨。白色典雅的廳堂，空曠得彷彿連呼吸都會有回音，而在廳堂最裡頭，有一座顯得幾分突兀的女性石像。

下意識便覺得那座石像肯定有玄機，她瞇了瞇眼，想也不想地，邁步便直直往那座石像走去。

「維希。」微微蹙眉，伊修斯連忙跟上，並在後頭喚了她一聲……這樣貿然過去會不會未免太危險了點？

而她聞聲，只微微偏頭睨了他一眼，隨後揚唇一笑，毫不猶豫地伸手觸上石像：「妳就是那個，問我名字的人吧？」

——「嘩」地一瞬，在她開口的瞬間，石像立刻散出一片白光，現出了一名淡金長髮的女性！

一身白色曳地的長禮服，女子的身軀微微有些透明，似乎只是短暫凝聚，隨時都會散去一般。

端麗優雅，她闔目許久，半晌，方才緩緩睜開眸子：「維希……我的孩子，妳終於來了……」

孩子？

維希愣地眨了眨眼，反應了一陣，這才明白自己被帶入系統裡那位女祭司的角色了。

連ＩＤ都能帶入……真是奇妙的隱藏副本，感覺她似乎開啟了什麼很少人知道的支線劇情路線啊？

「妳……妳是？」幾分尷尬地撓了撓頭問，她不太知道該怎麼觸發接下來的劇情，只得憑本意問了句。

「千年前，妳用盡力氣守在大殿前，卻還是沒能免去我的噩運……」聲音有些飄渺，清透得像是隨時都會消失，女子有些感傷地看著她，緩緩啟唇道：「我名為諾維亞，曾為駐管時間之神，如今已被世人遺忘。可惜受到掠奪後，我能離開神殿的時間越來越少……幸好，還能見到妳重生……」

掠奪……維希愣了愣，這才總算把方才的畫面一起組織了起來。

畫面中的那名女祭司拚死守護了這位女神，卻仍然沒有成功，最後惡魔奪走了女神的力量，使得她只能被困在這裡嗎？

「我有什麼……能幫妳的嗎？」偏頭思考片刻，維希想，這副本的破解方式，該不會就是要幫助她離開這裡？

然而諾維亞卻搖搖頭，又似幾分疲憊地閉了閉眼睛，隨後舉起雙手，憑空凝聚出了一塊潔白澄澈的白色晶石，又轉而落到了她手中。

「我失去力量，已經沒有什麼能夠幫助妳的……這是屬於妳之物，收下吧。」張口輕嘆，諾維亞的身形越來越微弱，在即將飄散之前又對她道：「維希，那孩子，一直在找妳……去尋他吧……」

話落，諾維亞的身形全然消失——與此同時，她的系統介面傳來通知聲，任務欄位中隨即多出了一項「精靈王之悲」，顯示第一章已完成。

第一章，女神的提示，諾維亞之淚……中間概述了一下劇情提要，然後後面又沒了東西，連往常該有的提示都是空白的。

可是後面似乎還有延續劇情……依照任務的名字來看，諾維亞剛才讓她去找的人，是指精靈王？

——精靈王會在哪？她解了這麼久的主線任務，都還沒看過傳說中的精靈王啊！

「維希！」

耳旁忽地傳來裴蘿擔憂的聲音，維希手中還拿著那塊NPC給她的白色晶石——四顧才發現，和她走散的其他三人不知何時一起被傳到了這裡來，而在諾維亞的石像之後，出現了一道和剛才進來神殿時一模一樣的白色大門。

——結束了？

維希愣地眨眨眼，然後聽見系統介面又傳來了任務完成的提示——她的轉職任務竟然顯示了已完成，要她趕緊回去回報！

驚疑未定地轉頭看向伊修斯，她轉而又看了看眾人，「你們也接到了隱藏任務嗎？」手上的白色晶石竟然就是任務道具……可是不對啊，米雅各並不知道這個隱藏副本，也就是說這個副本，應該不可能是轉職的必然任務……

肖恩被她這麼一問，也顯得有點困惑了起來，「隱藏任務？沒有啊，剛才我跟裴蘿還在亂晃，突然就被傳送到這裡來了，不是你們找到了副本的突破口嗎？」

「我有隱藏任務。」伊修斯開口接話，「應該是觸發了機關的人才有。」

「可是我的轉職任務也連帶顯示完成了。」維希皺眉看著手上的白色晶石。似乎並不是普通的東西，仔細感覺的話，還能隱約感受到裡頭有魔力流動……這到底是什麼詭異的隱藏副本？先前也沒聽說過會有這種東西——

「應該是隱藏的轉職任務，限定光系巫師，正巧就被妳碰上了。」

見所有人的神情都是滿臉疑惑，米雅各憑著遊戲設計的思路想了想。是有聽說過遊戲設計師在每個職業轉職任務裡都放了些隱藏彩蛋，只是不容易找到……「不過，維希，妳手上拿的可是難得一見的寶物，可以拿去給好的工匠製作成成長型武器來使用到封頂了。」

一眼便認出了她手上拿的是限定的法師寶物，他笑笑。

她的運氣，果然無論在哪都一樣好啊。

見狀，裴蘿不由得好奇地湊了過去看，隨即欣羨地嚷嚷了起來：「欸，維希真幸運，真好——」

並不是很介意所謂的寶物，維希莞爾聳聳肩，思索半晌，又轉頭過去看向伊修斯，「你的任務欄裡有提示嗎？我這沒看到下面要去找哪個ＮＰＣ。」

「沒有。」伊修斯搖搖頭，「接著可能是三轉吧？」

三轉嗎……維希想了想。她現在才四十等，距離三轉的八十等級，還好遙遠啊……

只是，明明她是扮演那個守在神殿的女祭司，為什麼任務名稱，卻會被叫做「精靈王之悲」呢？

那個封印了惡魔的英雄，精靈族之王，和那個女祭司到底有什麼關係？

章三—真實

冬天來得特別快。

轉眼十月，寒流陸陸續續開始來了幾波，由夏末的炎熱逐漸轉涼，也隨著期中考的接近，一波比一波更加寒冷。

花了一個半月的時間拚命地將遊戲等級練到了五十後，沈維彤也總算暫時在校內學生餐廳裡找了份能遵循課表安排班表的工讀工作。

雖然不比正職的薪水要來得穩定，不過總算心裡有了點踏實感。她忙碌慣了，突然間要做一個無業遊民，總讓她感覺渾身不自在——即使養父母總會固定把生活費匯款到帳戶給她，她也不願意去要錢，更願意把打電話的時間拿來關心和問候。

她很感謝他們願意收養她，並且照顧她那麼長的時間。

也因此……她並不想成為他們的負擔。

「維彤，妳還在圖書館？」

夜晚九點，她坐在安靜少人的圖書館裡，認真地持續將教科書上的重點再一遍抄上，旁邊還堆了幾本厚得嚇人的書籍。將滑落下去的眼鏡推上，放置在一旁的手機螢幕忽地亮了起來，她拿起來看了看，沒有意外，是范雨薇發來的訊息。

隔著口罩不適地咳了幾聲，她一面在螢幕上按下回覆鍵，咳嗽聲在空蕩安靜的圖書館中顯得格外清晰。

「嗯，還沒念完書。」

隨著寒流一波波的來，或許又因為她拚命三郎的性格——在天氣乍暖還寒的同時，沈維彤也一起得了流感，甚至還在當天發了燒。

所幸是在藥力的壓制下，她的情況並沒有太過嚴重，只是生病不免還是讓她感到十分不適，讓她只得在出門時戴上她最討厭的口罩。

口罩總是讓她的眼鏡容易一直起霧，真夠麻煩的……偏偏她也懶得戴隱形眼鏡，她覺得每天早上都要把兩塊東西塞進眼睛裡實在是件需要勇氣的事情，這也讓她總是對范雨薇感到很佩服。

「維彤大概幾點回來？」

手機螢幕再度亮起，沈維彤看了看，想她應該是準備要出門或是什麼的，於是回應：「不確定。十二點前沒回去的話，就把門鎖了吧，不用等我。」說完，她確認自己早已將手機調成靜音模式後，便又將它放置到了一邊去，繼續埋首於書堆中，準備將今天的份全部念完，否則就不打算回去了。

期中考就在下周，雖然她其實早就大略複習過了一次，不過總還是覺得不放心……今天上線練了三個小時，到下周大概就完全沒有時間開遊戲了吧，得等考完試之後再繼續拚命了。

儘管遊戲只是遊戲，不能影響到現實，但既然決定拚了，就要玩到最好——這是她的生活準則。

但不知道是不是因為感冒的關係，還是因為昨天只睡了不到四小時……她總感覺自己的集中力好像越來越差，眼皮也有點重……

不行，這樣下去鐵定會睡著。

她可能得考慮一下出去買個咖啡回來，不然要怎麼待在這裡挑燈夜戰……

……

「欸尹沐霖，你書是借好沒啊？」

「等我一下。」

——夜晚十點的圖書館人煙不多，雖然說校內的圖書館是二十四小時開放，但會想待在禁止宵夜和音樂的圖書館裡認真K書的人，畢竟還是少數。

依照上面的分類來找自己要借的書，被喚作尹沐霖的褐髮少年一面找書，一面循著標誌走到較後頭的書架時，從書籍間的縫隙中隱約瞧見了後面自習區、一個有些熟悉的面孔。

頓了頓，他想走過去查看，想想又回頭探過去看了看在圖書館門口等他的同學，思慮片刻，還是邁步朝著座位走了過去。

初始的腳步還有些遲疑，直到逐漸靠近後，他才發現眼前少女下巴整個抵在書面上，雙眸緊閉，架在鼻樑上頭的眼鏡還歪了一半，臉龐上罩著口罩，似乎睡得很熟，很是疲憊的模樣。

明明今天才見過面呢，裡面還活蹦亂跳的，原來感冒了啊……

微微蹙眉，他開始思考起下次見到她應該早點催她下線。

而發現她桌旁還有許多書籍後，他有些好奇地湊過去想看她桌面上的筆記，於是側頭觀察了下少女，確認她確實熟睡後，才偷偷地稍微伸手翻開來看了看。

——筆記做得很認真，上頭有形形色色的螢光筆痕跡，還有很多補充名詞。雖然還不是他學到的東西，不過單看她筆記的仔細程度，就知道她肯定花了很多時間在那上面。

而在教科書旁邊還放了一個樣式簡單的筆記本，看著似乎和她桌上的那些書籍是分開的。抵不過內心對她的好奇，他又悄悄翻開封面查看，發現裡頭寫的，居然是關於《晨櫻》各個地圖、任務、攻略等等的紀錄……

她還真是……無論做什麼都認真到底。

「……維希。」聲音放得很輕，他像是試探性地，細細開口叫了她一聲——也不是真的想把人叫醒，只是感到有些無奈，出聲時，向來淡然的表情裡還帶上了點嘆息。

長著一張娃娃臉，身形精瘦，面容清秀精緻，一頭褐色微捲的短髮貼著臉頰，少年——尹沐霖的聲音清澈乾淨，只那張好看的臉上卻沒什麼表情，似乎已經成為他的習慣和標誌。

——他從很早之前就認出她了。

只是也許因為只有過一面之緣，對方似乎早就把他忘得一乾二淨，對他一點印象也無，好像還並不太願意見他這位直屬學弟……

「——你是填我們經濟系的學弟？哦，歡迎加入我們系喔。」

暑假新生說明會那天，他還記得那個戴著眼鏡、綁著馬尾，一直在會場裡頭忙進忙出的女生在發簡章給他時，大概因為看見了放在他膝蓋上的相關書籍，於是無意地提了一句後，便將簡章交予他，而後方才轉身離開去將簡章發給下一個人。

他的記憶力向來很好。所以當九月初第一次在遊戲裡打算拉起那個跌倒的新手時，他就大略想起了，這個人——似乎是他的同系學姊。

雖然基本上並不是特別介意，這個念頭也不過一閃而過，不過當系大會他看見那個在簽名簿上草草留名的熟悉女孩時，忍不住又特別留意了一下，直到對照上名字，才終於又再一次印證了他的想法。

——真是奇妙的緣分啊，他想。

雖然很想直接認出對方來，不過尹沐霖想了想，沈維彤一直沒有主動和他聯絡，也似乎一直避開有關集會的事務……她大概並不太想和他有所交集，或是並不喜歡直屬之類的制度？

「——哦，你的直屬學姊原來就是那個沈維彤啊。」

心裡不免還是好奇，於是當室友和直屬學長聊起時，他便在一旁稍微提了句。

他畢竟認識的只有遊戲裡的維希，卻不知道現實裡的她又是什麼樣子的？

「那傢伙是拚命三郎啊，據說曾經兼兩三份工，後來雖然有了份正職，但好像都工作到挺晚。」偏頭微微思考，學長的表情有些感嘆，像是欽佩一樣的神情，「成績也一直維持在班上前三名，出席率幾乎是百分百，教授們都挺喜歡她。不過蠻奇怪的，聽說她的父母是老師，照理來說應該不缺錢，也不知道她為什麼這麼拚命？」

「說不定沈維彤很愛錢？」一旁另一個學長開口插話，隨即是哈哈笑了起來，「不過除了小組報告外，沈維彤也不太跟人交流就是了，我們也不是很清楚她。」

「倒是她居然把你放生啊，學弟你也太可憐了──」

真是拚命的一個人啊，他默默想。

忽略了對方後面對他的憐憫詞句，尹沐霖卻突然感到愈來愈好奇。

遊戲裡勇往直前的女巫師維希、現實中拚命得嚇人的學姊沈維彤──她究竟是個什麼樣的人？

「咳咳咳……」

冷風從圖書館半開的窗戶灌入，尹沐霖驀地便被她的咳嗽聲拉回現實。

微微嚇了一跳，原本以為她要醒來，卻發現她只是蹙著眉頭咳了幾聲，而後縮起手盤起，大概是覺得有點冷。

又是工作，又要念書，還得打遊戲……她這個樣子，身體真的撐得住嗎。

皺皺眉，尹沐霖看了看自己身上的外套，正有些苦惱該怎麼幫她，便見她一旁擱了件厚大衣披在椅子上，於是繞到她後頭將外套拿起，小心翼翼地替她從背後蓋上。

「喂尹沐霖，你是到底好了沒啦！」

在門外等他的同學已經開始不耐煩地喊了起來，他一頓，連忙收手，又有些緊張地看了看她，確認她沒被吵醒，才趕忙拿著書走回門口。

「來了，別叫。」回應的聲音依然很淡，他嘆氣。要不是時間太晚，圖書館沒人認真管理，不然他早就被攆出去了……

……

沈維彤醒來時，已經是十一點半。

眼睛酸澀乾燥，腦袋也有些頭暈目眩的……她居然睡著了啊，真是的——結果居然也沒看到什麼書。

吐了口氣，她向後將手拉直，舒展了下痠痛的筋骨，然而才往後一靠，披在她背後的外套便滑了下去——

嗯？外套？什麼時候蓋上的？

將落下去的外套撿起，她看了看四周，圖書館已經幾乎沒有人，猜測大概要到期中周才會有人像她這樣在裡面挑燈奮鬥……嘆口氣，她想了想，自己今天狀況並不好，乾脆還是先回去休息吧，畢竟就是再看下去，大概效果也不大了。

誰讓她這種關鍵時候感冒呢……她嘆然。

回去的時候，順便幫范雨薇買份宵夜吧——她想她剛才LINE訊息給她的用意應該就是這個。

不過外套到底為什麼會從椅背轉到她的背上？

嗯……好吧，也許是她睡到一半覺得太冷，自己拉的吧。

「維希，藥水夠？」
「哦……你這一說，我剛才好像忘了補藥水。」
「嗯。裝備？」
「那個哦……都五十幾等了，好像是該換一下。不過我不知道多少錢耶？」
「待會再給我就好。乾糧？」
「是還有一些，應該沒那麼快用完……」
「一起吧。」
雖然早已對類似這樣的對話，甚至有時連對話都沒有的怪異默契——不過面對那兩人近似管家或主僕一樣的談話內容……肖恩和裴蘿互看了一眼。
總覺得有點微妙啊……
不知道從何時開始，每次一上線，他們總是能見到維希的身邊有伊修斯跟著，不知不覺中就成為了比他們還要更常接觸維希的練等夥伴。
平時，維希雖然是遠距離攻擊的光系魔法師，卻很喜歡橫衝直撞，於是探地圖時就默默變成了伊修斯負責先去偵查，把偷襲的怪物率先擊殺，然後才讓維希去闖。
而除了回報任務外，伊修斯也總是十分自動自發的幫維希跑腿回城買東買西……肖恩和裴蘿私

☆　☆　☆

下討論發現，不知不覺中，對維希似乎也成了種習慣和理所當然。

比較微妙的是，伊修斯隸屬的公會是緋穹——是和雨季經常競爭台服前二的強大公會，兩邊更是爭鬥許久的勁敵。雖然說雨季和緋穹的會員私下還是會有些較為友好的，不過面對面時不免還是有火花……像伊修斯這樣經常出現在雨季會員旁邊的，還真是不多見。

不過據說兩邊會長的關係其實並沒有傳說中差——至少裴蘿知道的是這樣。

嘛，算了，不重要。反正她想希霏女神和緋穹會長飄飄柔都不會介意的。

「唉，青春真好——」一面將手邊的怪物解決，肖恩看著那邊兩人撐頰感嘆，一副老氣橫秋的語氣。

「女神是感嘆自己老了？」眨著眼笑，裴蘿一面笑那邊兩個人氣氛挺好，一面不忘調侃好友兩句。

肖恩一個咯蹬。「乾，我才沒有老！還有女神不在，我是年輕帥氣的哥哥。」說罷，他還自認帥氣地眨了眨眼睛，笑得滿面燦爛。

而聽見他這話，裴蘿先是翻了個白眼，而後卻換回了笑容，甚至咧嘴笑得更燦爛：「是是，我們雨季年輕美麗的肖恩女神——」

「乾，裴蘿弟弟妳閉嘴！」

另外一邊，維希對於肖恩和裴蘿的鬥嘴日常早已習以為常。因此聽見他們倆又一來一往地吵起時也沒搭理，只專注於手邊的事情上。

裴蘿的人緣很好——她經常能見她在公會頻道裡和其他會員對話玩鬧，尤其在見到少話的會長希霏時她最為興奮，總會一句一個「希霏女神」的叫，還會附帶興奮和崇拜的語氣。

裴蘿很喜歡會長希霏……不過聽說似乎和緋穹的會長飄飄柔，也有些交情。

「維希——」

才在原地擊殺怪物破任務，好友頻道便突然傳來熟悉聲音，維希一看，才發現是范雨薇——吉兒上線了。

而想完沒多久，她便看見對方已經循著座標迅速移動到了她所在的位置——八成是因為男朋友不在線上太無聊，才難得跑來想找她。

「嗨裴蘿、肖恩。」到達目的後率先和兩位同公會的朋友打招呼，吉兒蹦著腳步跳到她身邊，困惑歪頭，「維希，妳在這裡做什麼？」

——等級九十，范雨薇遊戲裡的外貌，是一頭夢幻可愛的淺粉色長捲髮和紅色眼瞳的狂戰士，據本人所說，那是她現實中一直想染但不敢染的顏色。

「練等啊，跟朋友一起。」維希側頭看向她，「怎麼，妳男朋友沒上線喔？」

「對啊，他們學校最近期中，又要趕專題，比較忙……」癟癟嘴，吉兒立刻垂下雙眼，表情瞬間顯得幾分落寞了起來。雖然知道要體諒對方，不過不能常常見面，不免還是讓她有些寂寞……

「那妳應該趕快下線，跟妳男友一起去認真念書啊。」挑眉，維希調侃地笑看她，「反正妳這傢伙，也只有男朋友不在才會想到我吼——」

「欸——別這樣說嘛。」調笑地伸手挨上去抱住她手臂，吉兒賣乖地拚命對著她眨眼，「維希妳最好了，我今天的宵夜還要靠妳幫我帶回來啊！」

「吃吃吃，就知道吃，幸福肥的傢伙。」伸手推了推她的頭，維希無奈地嘆口氣。幸好她這邊的期中考結束了，不過范雨薇似乎還有幾天，因此一直都待在房間裡乖乖K書……看在她乖乖念書的份上，她出門幫她帶個宵夜還是可以的。

「還沒考完嗎？」

正從城市回到了原本的地圖，伊修斯聽見他們討論，於是一面將裝在包袱裡的委託物品遞給她，一面幾分遲疑地問。

——這人是什麼時候出現在維希旁邊的？

突然聽見他發話，吉兒一抖，瞬間便被他給嚇了一跳。

這個人也未免太無聲無息了，差點把她給嚇死……不過，生面孔耶？她有些驚奇。

還以為以維希的個性，應該只認識雨季的人，想不到也認識別公會的朋友……而且還是帥哥！

「你說期中？」早已對伊修斯來無影去無蹤的習性感到習慣，維希愣了愣，「剛考完啊，你咧？」對他的問法感到有些奇怪，卻又不知該從何問起……她微微蹙眉。「還沒」考完？好像他早就知道他們現在正是期中考週似的……

「剛考完。」心裡稍鬆了口氣，伊修斯原本還想，如果她今天還得下線去挑燈夜戰，那待會就得把她趕下線，以免她又繼續拚命練等級。「感冒好了嗎？」頓了頓，他又問。

「欸？」被他這一問，維希這下是真愣了。他怎麼會知道她感冒？

「妳最近精神不太好。」知道她正詫異自己會知道她的身體狀況，伊修斯開口補充，「班上很多人感冒了，才猜妳也感冒的。」隨口掰了個理由圓謊，他一貫無表情地道。

因為太習慣面無表情了，導致他連說謊看起來都正經八百的……也不知道到底是好還是壞。

「哦……」維希眨了眨眼。「好多了，流感而已，按時吃藥好很快的。」聳聳肩，她通常對感冒這類的東西並不會太介意。畢竟她的抵抗力向來不錯，好的速度不慢，也不常生那種會影響到她日常生活的重感冒——因此即使是發燒，她也會盡量選擇出席。

不過……唔，實境遊戲是意識上的連結，現實生活中精神不好，也會影響到遊戲裡頭嗎？她微微有些困惑。

但看他表情那麼認真……倒也不像在騙她。當然仔細想想，他也沒有什麼理由好騙她就是了。

「還是要多休息。」微微蹙眉，伊修斯想起她趴在圖書館桌上，一面咳嗽的難受模樣，覺得她這麼折磨自己身體還是不太好，「今天還是早點下線吧。」想了想，他還是開口趕了她一句。

「哦……謝謝，好吧。」意外他竟然會關心她，維希有些怔愣地眨了眨眼。

這傢伙向來少話得能稱上是省話一哥，想不到竟然會主動關心她，而且觀察上也挺細膩的——真是出乎她意料啊……

吉兒在一旁也有些愣。

外表好看的美少年居然這麼關心她的好友，難道說——「維希有豔遇？」

在安靜的公會頻丟了一句，吉兒悄悄回頭看向肖恩和裴蘿。都怪她太久沒來主動找她了，什麼時候好友有桃花了她都不知道！

「哈哈哈哈豔遇——吉兒吉兒，我跟妳說，伊修斯最近幾乎都會出現在維希身邊，而且做事超主動的！簡直像是維希的小跟班。」率先反應了過來，裴蘿的八卦魂立刻燃起，也轉頭回望向吉兒，眨眨右眼，語氣似乎還有點興奮。

「真的假的！」吉兒訝然，「維希，妳真不夠意思，什麼時候有桃花了，居然都沒跟我說一聲……」

「對啊！而且上次還有個高高帥帥的聖騎士，也是維希的朋友耶！感覺好像和維希認識了很久，而且超關心維希的……」

「裴蘿。」似笑非笑地打斷兩人談話，維希將語音切換到公會頻道發聲，轉頭，對著她勾起唇角，笑得有點危險，「雖然我等級比妳低，不過單靠手腳把妳從弗洛亞最高的峭壁踹下去，我還是做得到的。」

「……」

被她的恐嚇給震得住了嘴，裴蘿眨眨眼，看了看上方高得快看不見頂的荒璧……那個那麼高，要是被從那裡踢下去，鐵定會死的啊！

「——嗚嗚嗚希霏女神，維希好可怕嗚嗚嗚……」

一面裝著可憐假哭，裴蘿立刻選擇噤聲不再八卦，一面開啟傳送陣，迅速往公會領地逃亡去。

雖然沒辦法可怕到把她從穹之都踹下去，不過自從她有一次看見維希直接拿著法杖把某隻瞬間近身的怪物暴力敲死之後，她就覺得，把她從弗洛亞的峭壁上踢下去這件事，維希還是辦得到的……

「乖。」

連安慰都很簡潔，公會頻道傳來希霏淡然溫淨的嗓音，算是難得發了話。

難得能聽見女神在公會頻道說話，裴蘿一方面想對女神的聲音發個花癡，又想到自己要是真被拋了下去，大概女神也救不了自己，或者說也根本懶得管她們鬧騰。

為了避免下次見面時真的被從峭壁上拋下，於是她連忙又在頻道裡開口求饒：

「嗚嗚……維希，殺人會有紅字的，拜託手下留情！」

「那就別再給我亂八卦。」哼了哼聲，維希揚眉。

不過把人從峭壁上丟下去這種事情說起來還真是挺痛的，雖然她看過那高度，應該還不至於摔死……她倒也不至於這麼暴力就是，說來嚇唬嚇唬裴蘿罷了。

而且什麼豔遇啊？一個是她兒時玩伴，一個是半路撿來的──寵物，哪有什麼豔遇？

「哈哈哈……裴蘿，自作孽不可活啊──」在一旁看戲看得很開心，肖恩留在原地笑著看人逃亡，在頻道裡涼涼地扔了句風涼話。

因為不在雨季公會裡，伊修斯基本上不知道他們發生了什麼，只能從表情和反應裡判斷他們似乎在私人頻道裡頭討論了什麼，然後剛才還跟他們一起練功打怪的元素使裴蘿突然就跑回了城，還一路奔回了穹之都的公會領地裡去。

他有點疑惑地看向剩餘的幾人，表情很茫然，「她怎麼了？」

「沒事沒事。小伊，裴蘿弟弟只是發病，不用太在意。」刻意挑在隊伍頻道說話，肖恩佯作訕然地擺了擺手，隨後便聽見隊伍頻道也回傳來了熟悉的怒吼聲：

「臭肖恩、我還在隊伍裡！」

——當然是知道妳還在隊伍裡才說的啊。肖恩哈哈大笑起來，不過並沒有把這句話說出口。

「不管你們了，我要下線去忙了，掰掰！」在隊伍頻道吼得很大聲，裴蘿哼了哼，說完話便顯示離線，一瞬間就不見了人影。

「你們兩個好像一天不互嘴就會死一樣。」無奈看那邊肖恩逗人逗得很開心，還在那裡繼續笑……維希搖搖頭，「這邊的任務道具拿到了，該回去回報，繼續破下個任務了。」身周出現團團白色淡光升起圍繞，她施了個小小的治癒咒回血後，便在地面上開了一個傳送陣，回頭對幾人道：「走吧，回城。」

——正式三轉後的聖諭使才能使用能讓所有隊友一起回血的治癒咒，不過她還是在前陣子先學了個基本的，也方便途中使用。至於傳送陣則是她最近學起來的，能將自己和隊友送到距離現在位置最近的城鎮，剛才裴蘿也是用傳送陣快速回到城陣。

只不過她對這些魔法說來還是不夠熟練……要能到達挑戰ＰＫ賽的程度的話，大概需要在切換輔助法術和攻擊法術之間，都能夠運用自如吧。

倒是這麼想來，法師說起來還是稍微方便一些……到二轉後漸漸學會些方便的技能，她對范雨薇的怨念才總算少了些。

「好啦，那我也先下線啦。」揮揮手，吉兒雖然很好奇裴蘿口中的另一個帥哥是哪位，不過想到明天還得早八考期中，決定還是等之後再來盤問室友——她畢竟不想太為難自己的成績，重修的費用很貴的。

「嗯，妳早點去念書吧妳。」早已習慣好友總是臨時抱佛腳，維希揮揮手，並同時示意肖恩和伊修斯趕緊進到傳送陣裡頭來。

「好，我們晚點見——」

隨著吉兒向她道別，維希同時啟動法陣——白光乍現的一瞬間，他們三人便一同回到了城鎮。

一樣是遙望無際的荒沙和乾燥，她拿著主線任務裡所需要的殘破指令書，再搭船回到穹之都，到烏拉諾斯裡找那位傳說中的冒險者公會會長回報任務。

「那我先進去，你們在這等我吧。」知道肖恩和伊修斯主要還是陪著自己跑的，畢竟依那兩人的等級，一個早就已經快要封頂，另一個經過一個半月陪她跑地圖也都快八十等了，這些任務流程應該早就再熟悉不過。

伊修斯點點頭，肖恩則看了看時間，幾分抱歉地撓了撓頭，「抱歉，接下來小伊陪妳吧，我還有事情，先下線去忙啦。」

「嗯，沒關係，多謝啦。」

於是經過一陣吵鬧後，一下子隊友列表裡頭，就只剩下了她和伊修斯。

米雅各偶爾也會上來陪著她練等級，不過那傢伙還得上班，能上線的時間並不多——雖然如此，他還是說了希望能找時間來她所在的縣市和她見個面，敘敘舊。

走入那扇早已走過許多次的公會大門，她到櫃台和愛葛莎招呼過後，便到會長的辦公室裡去找人。

「哦！維希妳回來啦？」膚色黝黑的中年男人抬頭見她到來，立刻笑容開朗地出聲招呼，「怎麼樣，有找到什麼特別的東西嗎？」

烏拉諾斯的會長名叫墨赫，是一名已有了些年紀的中年男人，體格健壯高大，膚色黝黑，性格十分爽朗愛玩，堪稱是個老頑童ＮＰＣ——簡單來說，甚至還會不定時地捉弄玩家之類的。

據說裴蘿當初創角的時候因為不知道能調整身高，就維持著矮個子進入了遊戲，結果破任務時第一次見到這位ＮＰＣ，還被墨赫低頭嘲笑：「哎呀，這是哪裡來的小個子，差點看不到人——小傢伙，到底有沒有在吃飯啊？」

於是從此以後，裴蘿每每需要回到烏拉諾斯回報任務時，只要見到墨赫，總會直接臭臉喊他「臭老頭子」。

嗯……不得不說，維希覺得這遊戲有些人性化的設定，有時候真是惡趣味極了。

「這是什麼？」將任務提示欄裡讓她拿給ＮＰＣ回報的指令書遞上去後，她開口問。

那份指令書是黑色紙張做成的，因為是經過打鬥才留下的東西，邊緣有些破破爛爛的，她拿到時攤開看過，上面還寫了一堆密密麻麻的詭異文字——是人都看不懂的那種。

不過既然是經由魔族身上掉落的道具……大概也是魔族的文字吧。

雖然她想，那堆鬼畫符，鐵定連遊戲設計者自己都不知道是什麼鬼。

「嗯？拿來讓我看看。」依舊是笑瞇瞇的樣子，墨赫接過她遞來的指令書後，才閱讀幾秒，卻立刻臉色大變，素來玩鬧地神情被他快速收起，顯得十分認真和嚴肅。

「上面寫了什麼嗎？」雖然知道是既定的流程，維希還是困惑地開口問了句。

上回的任務是說，弗洛亞附近的魔族好像有些異動，跟一些奇怪的舉動。又由於最近世界各地都頻繁傳來魔族騷擾的事件，墨赫覺得有些奇怪，就讓她去消滅弗洛亞附近的魔族據點，順便看能不能帶回些線索。

看來那封信應該寫了什麼重大消息，否則他的表情不會變得那麼沉重……不過話說回來，能看得懂那些鬼畫符也真是太厲害了。

「這是魔族高官傳的信息。」嗓音沉沉，墨赫緩聲開口回答，「——上面說，『那位』就要復活了……想不到他們竟然在計劃這個！」表情顯得有些震驚和憤怒，他握緊了拳頭，眉頭緊蹙。

「那位」……維希微微偏頭。封印鬆動，魔族開始出現騷擾村莊，英雄的甦醒，那麼接著的，就是惡魔的復活了？

「魔族在計畫著讓封印鬆動的路西華復活，再次降臨到這個世界上……維希，這很嚴重。」將指令書收起，墨赫抬頭看了她一眼，隨後從抽屜裡拿出紙張來，提筆在上頭迅速書寫下內容，簽上大名後，，便將那紙信交給了她：「公會還有事情我走不開，就麻煩妳替我跑一趟埃忒耳，交給大臣哈洛了。」

說著，墨赫又將一塊五角形狀，像是標章一樣，上頭刻了烏拉諾斯標誌的物品交予她，「妳拿著這個到埃忒耳，告訴皇城的騎士妳要見哈洛，他們一定不會阻攔妳。」

「……是，我知道了。」

只能默默把東西收下，維希看著任務欄位裡頭顯示著「魔族的陰謀」的主要任務裡跳出「尋找哈洛0/1」，覺得很無奈。實在很煩這樣跑來跑去的對話任務，她很想把眼前的ＮＰＣ揍一頓，但又知道根本不可能，於是只得嘆氣，認命地領受任務，回頭走出辦公室。

敢情這遊戲偏要他們這樣在兩塊大陸間拚命來回就是了——她才剛從弗洛亞過來就要她再回到奧德賽，難道就沒有遠端這種東西嗎？

所以說虛擬實境就是麻煩！

「去埃忒耳？」見她神情有些不耐地走出大門和她會合，伊修斯開口問。

「嗯，又得搭一趟船了，真麻煩。他地點要跑哪就不能一次解決嗎？」盤手，她皺著眉頭抱怨。這樣一來又得花很多時間跑來跑去，練等級的時間又縮短了很多，她待會還得下線準備報告，還有系烤得去……

「……」伊修斯沉默。

埃忒耳接完任務還得回卡俄斯，直接到位於穹之都下方氣候嚴寒的帕格梅諾去，他該不該直接告訴她？

他想了想，「等我。」思索片刻，他說完後後便突然轉身離開，留下她一人在原地。

維希不知道他要幹嘛，有點疑惑他難得這麼神神秘秘的，便在他離開後開了好友列表起來，看他的座標一路從穹之都迅速到了西納森林，然後再一路移動到內陸的埃忒耳……

「維希。」總算到了點後，從離開算起約莫是隔了十幾分鐘，他從隊友頻道喚了她一聲，「妳用隊伍傳送，就能直接過來了。」

維希有點傻眼。等等，他剛才是一瞬間就到了西納森林？

如果說是從西納森林到埃忒耳，伊修斯本身是遊俠，速度夠快，他又有坐騎，到得快倒是不稀奇。可是從穹之都的港口搭飛船到查克，再轉到內陸，她記得也要花不短的時間……

「你怎麼那麼快就到了？」用了他說的隊伍傳送的技能，經過一陣光芒包覆後，她一瞬間便移動到了他眼前，於是困惑地皺眉看著他問。

「之前解了遊俠轉職的隱藏任務，是精靈王的。」不意外她會問起，伊修斯開口，答得很淡定，「精靈王居住的精靈村落就在西納森林裡，解完二轉任務有技能可以過來，只是有冷卻時間。」

「……」維希覺得有點不公平。

這什麼超方便的技能，她也想要一個——根本職業霸淩吧她說！

「明天再進皇城吧。」雖然想盡快把劇情對話跑完，不過三小時的系統提示已經跑了出來，她看了看，也已經是晚上六點了。「今天還有事情，明天再繼續，謝謝你啦，掰。」笑笑開口道別了聲，她說完便快速按下關機鍵，留下伊修斯一人站在皇城門口。

——對了，系烤。

原來她也會去嗎？

思考片刻，他旋即便也跟著她下了線。

☆　☆　☆

關機離開後，維希拿下頭盔，迅速便整裝走下三樓，踱到對街的校門口。

系烤的地點在學校裡的空地，是經過申請通過的——至於烤肉的食材和道具則是從系會費裡抽出來用的，也是當初強迫繳交的項目。

這也是沈維彤嫌麻煩卻還是選擇參與系烤活動的原因。

錢都花下去了，她不來吃個夠怎麼可以？

二年級率先入場就定位，她簽到時被囑咐待會會喊她名字，就要到入口把她的直屬領回座位……那個被他放生了一個多月的直屬學弟啊，總算還是得要見上一面。

去年因為一年級不用繳錢，她好像根本沒參加這活動來著，也因此根本幾乎沒見過自己的直屬學長……

「沈維彤、妳的直屬學弟來了！」

通過麥克風傳來叫喚聲，她抓抓頭，無奈地回喊了句「知道了」，而後便從烤肉架旁起身踱回門口——

來人是一名樣貌清秀精緻的褐髮少年。表情冷冷淡淡的，少年的樣子長得挺好看，和剛才才見過的某個面孔挺像……

她皺眉。

「——學弟，你怎麼長得這麼眼熟？」

章四－緋穹

「——學弟，你怎麼長得這麼眼熟？」

看對方皺著眉頭對自己問了這麼一句後，尹沐霖一瞬間覺得頭上好像有黑線掉了下來。

剛剛看她看著他的表情那麼嚴肅，還以為她認了出來……雖然有點失禮，不過想不到竟然她是臉盲嗎？

他在遊戲裡沒把自己外貌做多少改變，最多就是髮色變成了金的、眼睛變成藍的，就連同學看過他，都說他的樣子根本一眼就能認出來……她大概是第一個面對面還能認不出的。

尹沐霖嘆氣，「維希，我們才剛見過面。」覺得隱瞞起來也沒什麼意思，他索性就全盤托出，早點認認也好一點。

反正他原本就沒想過要瞞，沒說出口只是怕她其實不想認而已。

剛剛才見過面？沈維彤眨了眨眼。他叫她維希，那是她遊戲裡的ＩＤ……

「你……」她遲疑地瞇了瞇眼睛，聽她那麼叫她之後，才總算緩慢把他的模樣和不久前才道別過的某個傢伙連上——「伊修斯？」

瞪大了眼，她簡直不敢置信。

——遊戲裡那個看過她出兩次糗、把她加進好友裡，還跟著她到處跑地圖練等打怪解任務，小了她一歲的伊修斯——是她直屬學弟？

「嗯。」看她總算認了出來，尹沐霖點點頭，表情依舊很淡定。

沈維彤有點傻眼。所以這傢伙竟然是自己的直屬學弟？

一時竟然說不出話，她驚訝得不行，可看他反應那麼平淡，又不禁蹙起眉頭，「你早就認出我了？」他的反應一看就淡定得不像是第一天知道這回事……可是不對啊，她怎麼就不記得自己見過這個人？

雖然她臉盲是很嚴重，可要是她真的已經認過自己的直屬學弟，怎麼可能會完全一點印象也沒有……

「新生說明會那天，我就見過妳，有留下印象。」頓了頓，尹沐霖開口，「系大會的時候也看過，但妳走了。」

「……」所以敢情他是在遊戲裡見到她的時候就已經知道他們同校同系了就是。「那你既然早就認出來了，幹嘛不說？」她不解。要是這樣的話，那他大可在系大會後就能直接說了——為什麼得要拖到系烤，好像不得不見面了才把她認出來？

「妳沒找過我，也沒參加系上活動。」答得很坦然，尹沐霖回答，眨眨眼表情顯得有點無辜，「我以為妳不喜歡直屬。」這話說得有幾分可憐，他直直地看著她，說。

「……」沈維彤再次無語。

他這麼一說，倒真顯了她是壞人似的。

雖然她是放生了他一個多月，但也沒說直屬學弟妹就不能自己主動找學長姐的吧？

她只是覺得沒必要主動去找直屬說什麼罷了……

「我沒說我討厭直屬。」無奈地嘆口氣，她抓抓頭，覺得有點煩躁，「只是覺得沒什麼必要主動聯絡，但你可以主動找我。」畢竟當初她的直屬學長也沒主動找過她，自然她也覺得自己不用主動去找自己的直屬學弟。

「嗯，知道了。」點點頭，尹沐霖乖巧地應，眼神很認真。

……果然是伊修斯啊，遊戲裡遊戲外，都一樣乖巧好拐，沈維彤搖搖頭。

還真的有種養了隻寵物的錯覺。

「你叫什麼名字？」想他在抽直屬時應該就已經知道了自己的名，但自己卻對他還一無所知。總不能讓他繼續在現實裡喊他的遊戲ＩＤ吧？

「尹沐霖。」啟唇回應，尹沐霖想了想，而後從隨身袋子裡拿了便利貼和原子筆出來，隨意到旁邊找了個石桌寫下名字，「水木，雨林。」

字跡不同一般男生潦草混亂，尹沐霖連落筆都很從容，雖然寫的字算不上特別漂亮的字，倒也還算剛正整齊。

真是果然字如人性……她看了看他字條上他的名字，「好，尹沐霖。」開口跟著唸了一遍，她伸手跟他將筆借了過來，然後跟著要了張便利貼，在上頭也寫上了自己的名諱，又在下方添上一排英文數字，「這是我的LINE，有事情就用這個找我吧。」說罷，她便將紙條整齊摺疊好，將之遞回給他。

之前完全沒找過他，就算是她的錯吧。想想她當初也沒自己主動找過直屬，尹沐霖畢竟還是學弟，大概也怕吧？

雖然她也不知道自己有什麼是能作為直屬學姊來幫他的就是了。

而沒想到她會自己留下連絡方式，尹沐霖愣著收下了字條，有些好奇地攤了開來看。

「Vichy0815」……真是簡單明瞭的ＩＤ。

說起來，這樣就有了真正的連絡方式了。

於是他默默打開手機來，將她的LINE也加入了好友名單裡。

「不過話說回來，你到底是怎麼知道我感冒的？」

不免想起今天的事，沈維彤原本還真忘了，只是如今發現這人竟然是自己直屬後，不由得又懷疑了起來。

所以說什麼看起來精神不好之類的果然不可能當理由的吧，他到底是從哪知道的？她總直覺覺得，這傢伙感覺不僅僅他自己說的什麼系大會、新生說明會見過她兩次面這麼簡單而已……

「聽說的。」而面對這麼個問題，尹沐霖選擇面癱地睜眼說瞎話。

「……」

好吧，他都這麼答了，她大概也只能選擇相信。

聳聳肩，沈維彤對他那個一慣的一號表情向來沒有辦法。他的表情實在太淡定了，教她還真看不出他到底是說謊還是真心。

一年級的新生陸陸續續到了入口簽到，見人潮愈來愈多，於是沈維彤也把人帶回了小組裡，跟著同組的同學開始準備整理工具。

因為算是個迎新的活動，理論上忙的部分都應該是由他們二年級來。於是她先將要烤的肉先從箱子裡拿出並分類好，然後看著旁邊組上的同學將火種丟進木炭中，點起打火機想助燃，卻只能無奈看著火種一次次地滅掉。

眼看別組的火都已經熱熱烈烈地燒了起來開始烤肉，他們這組還在忙著生火……她有點不耐煩，便過去接手想幫忙，然而卻發現自己竟然也沒有辦法把火生起來。

「我來吧。」一直接走過去從幹部那裡借來了火槍，尹沐霖站在烤盤前，開口，聲音淡然乾淨。

「……」

該說他是聰明呢，還是該說他偷吃步呢。

而來參與系烤的目的原本就是想坐著吃到爽，只是平常只要有相關場合，就幾乎總是她在負責烤肉。沈維彤基本不太想管事，但看同組的幾個男生看起來都像是來玩食物的，剩下的一兩個女生大概也是小白兔……皺皺眉，她為自己的胃考慮良久，終於還是決定開口去把夾子要來時，另一隻手卻比她更快去要。

「我來烤吧。」

動作熟稔地接手，尹沐霖像是十分擅長烤肉似的，連分配烤肉份量的動作都很流暢快速，似乎還多給她夾了好幾塊。

直到沈維彤的盤子裝滿後，他才將烤肉的工作換人接手，又去前面拿了杯子和可樂回來，自動自發地盛好所有人的份量。

……看得她都有點傻眼了。結果到頭來他們這一組根本幾乎都是他在做事，二年級也沒什麼動手的份。

「維彤，你這學弟真是勤勞賢慧啊。」嘆為觀止地看著尹沐霖忙進忙出的身影，她身旁的同班男同學感慨開口，「這要是女的，我一定把他追回來養。」

「男的也行啊，不知道多元成家正夯嗎？」笑瞇瞇地接了一句回去，沈維彤挑著眉頭，卻在心裡翻了個白眼。拜託，他那是根本想追個免費的勞工回家吧？

不過……尹沐霖這傢伙，是什麼奇怪的家事控嗎？

她還真是第一次見到可以有男生做這些事情做得這麼……得心應手，連收拾擺放東西都很整齊仔細，一點不差。

那男同學聞言連忙乾笑著連連擺手，「不不不不，男的就算了，我對男的可沒興趣。」說罷便拿著鐵夾轉頭回去乖乖烤肉，繼續給一旁的學妹獻殷勤。

而對於這種行為，沈維彤則表示嗤之以鼻。

「學姊不吃嗎？」將垃圾收拾好回來後，卻見她盤子裡頭的烤肉動都沒動過，尹沐霖在她對面坐下，困惑地蹙蹙眉，「不好吃？」也許是他太久沒烤肉，烤得太焦了，不合她胃口嗎？

「……沒有，只是覺得你好像給我太多了。」無語地看著滿盤的食物，沈維彤有種好像被當成小孩餵食的錯覺。「倒是你，感覺好像很熟悉做這些？」拆了雙免洗筷，她認命地埋頭開始吃起。其實她食量並不大，所以看他塞這麼一堆給她還挺驚恐的。

「感覺妳太瘦。」看了看她的模樣，尹沐霖仍微蹙著眉。大概看她樣子太瘦了，下意識就夾的多了點……「姐姐不太做這些，都是我在做，久了就習慣了。」身為家裡唯一常在的男生，他基本上沒特權，反而大多數的事情都是他在做。

不過他也覺得不太要緊就是。

「原來你有姐姐？」她有點好奇地挑起眉，「所以你姐姐很懶，都把事情扔給你做哦？」調侃地笑說了一句，她咬了口他烤給她的豬肉……嗯，挺剛好的，其實真烤得蠻好吃，可見他果然很擅長啊。

「我爸不常在台灣。」聳聳肩，他不甚在意地提起，「我媽做事找姐姐的話，姐姐就找我。」

所以是被家裡兩個女人奴役慣了的嗎……她突然對他感到有點同情。「不常在台灣？」聽他主動提起了爸爸，她便也就藉著話題順帶多問了句。

而他淡然頷首，「嗯，我爸是英國人，一個月回來一次。」

「原來你是混血兒。」難怪長得好看，五官也特別深邃——可見大概連姐姐都是個美人胚子，她若有所思地點點頭。

不過看他話少，原來其實對自己的事情並不太避諱提嘛。

一面隨意地和他有一句沒一句的瞎聊，一面努力將盤子裡的食物掃光，只是話間幾乎都是她問，而他答，而她也總算對她這位直屬學弟稍微更瞭解了些。

尹沐霖的姐姐大了他四歲，是設計系畢業的學生，已經出社會工作了一段時間，聽起來性格挺活潑，而他則是家裡的末子。念經濟系一部份是沒什麼夢想，一部份也想以後好找工作一點。

還據說他姐姐也玩網遊……只是這段時間忙，她才沒有見過。

「學姊不喝可樂？」見她逕自拿了自備的保溫壺起來解渴，尹沐霖偏頭問。

「我不太喝這種氣泡的。」她的飲食向來還算挺養生，不太碰那些吃了容易胖的，除去三餐不正這點的話，她覺得自己活得還是挺健康的。

「那我去裝水。」說罷，他也不等她反應，便又逕自拿著乾淨的免洗杯去後頭裝水回來遞給她。

「……」看著他做事自始至終維持淺淡的神情，沈維彤頓了會，對他那種習以為常的殷勤，總還是有點習慣不能。

不過和他稍微聊過之後，她也總算理解……以這傢伙的家庭背景，他大概是因為經常照顧她的姐姐和媽媽，所以照顧人照顧得很習慣了吧。

「對了，這喉糖學姐帶回去吃吧。」才回座位就又從袋子裡拿了盒小鐵盒裝的市售喉糖出來，尹沐霖將之遞予她，頓了頓，方又補充道：「妳的聲音聽起來還有點沙啞，應該還沒全好。」注意到她談話間偶爾還會清一清痰，講話時嗓音還微微有些啞，應該是咳嗽留下的後遺症……他想起自己還有隨身帶著的喉糖，讓她帶回去吃，應該會好得快一點。

「……那就謝謝了。」沒想他竟然還準備了東西來……她有點尷尬。看看別人的學長姊還帶了些餅乾糖果什麼的來送直屬，倒是她雙手空空，還收他的東西……想想還真有點愧疚了。

好吧，看他對她還算挺好，下次她也帶點什麼禮物好了。

「不過別叫我學姐吧，聽得我渾身不自在的。」

從以前就不常跟比自己年紀小的交流，被叫著一口一聲學姐的，實在讓她感覺很奇怪——何況他在遊戲裡，也是直呼她維希。

然而尹沐霖卻有點遲疑。

「……維彤？」

「……」

好吧，他這一叫她才發現，維希和維彤喊起來的感覺還是差了很多。

至少她似乎並不常被男生這樣不連名帶姓地喊……這一聽，又讓她更覺得尷尬了。

☆　☆　☆

「本週公會守壘競爭賽結束！最新冠軍得主為緋穹，請各位玩家恭喜他們——」

才乘著航船正在由奧德賽前往卡俄斯的路上，維希一面望著船艙外迅速掠過的海景發呆，一面便聽見世界頻道裡傳來了系統的廣播。

公會競爭賽結束了啊？聽見這回的得主又是緋穹，維希轉回頭去看了看坐在對面的伊修斯，才想對他說句恭喜，馬上便聽見了公會頻道裡一瞬湧入了眾人喧嚷的討論聲：

「可惡，又是緋穹！」

「啊啊——可惡，剛剛遇到他們的聖騎士，不小心失手了……」

「他們那個咒術師也未免太強了吧！」

「哼哼，又沒關係，反正下次希霏女神一定把第一的寶座搶回來！」

——不外乎是些抱怨或扼腕的話，還混雜了公會領地裡裴蘿不服氣的嚷嚷。而她看著那裡神情始終淡定依舊的伊修斯，突然覺得有點微妙。

「怎麼了？」見她正看著自己，伊修斯微微有些疑惑地出聲。

「沒事。恭喜你們公會再次拿了冠軍啊。」聳肩笑笑，維希揚揚眉，對兩個公會間的勝負基本也並不是很在意。

緋穹的會長名叫飄飄柔，是一名咒術師，和希霏一樣是個女生，更是每個月ＰＫ排行榜上位居一二的高手，大概是台服裡頭最強大的法師。

不過相較關於希霏各種神祕或美好的美名和傳言，她所聽說過，那些所有關於飄飄柔的評價，總結似乎幾乎都只有兩個字——「怪咖」。

不過怪是怎麼個怪法，每個人都沒個定論，只聽裴蘿說飄飄柔是個經常熱情過度的人。也聽聞緋穹入會基本上沒有什麼標準，大多都是由飄飄柔自己用各種奇怪的方式延攬來的……

倒是光看伊修斯會說他們會長讓他多多在新手地圖守株待兔這等事，她就覺得那會長是真的挺奇葩了——畢竟這種找人入會的方式，她還真是第一次聽說。

「說起來，伊修斯你當初是怎麼被加入公會的？」一面等待船將他們送到港口，她暫時將吵嚷的公會頻道關了起來，有些好奇地側頭望他問。

加入公會？伊修斯想了想，「還沒二轉的時候在西納森林，看到會長穿新手裝，被吊在樹上求救。」聽見她問題，他思考地微微皺眉回想片刻，方才開口回應。

「被吊在樹上？」維希困惑。他是半年前才開始玩的，不過那個飄飄柔應該玩了挺久了吧，怎麼可能會在他還是新手時穿著新手裝被吊在樹上？

「嗯。」伊修斯點點頭，「『會停下來救新手的是好玩家，一定要收入會！』……救下來後，會長是這樣說的。」

「……你們會長的興趣原來是裝成受難的新手嗎。」抽了抽嘴角，維希有點無言。

難怪那時候會看他穿著新手裝在新手地圖，原來是被洗腦的？……還真幸好伊修斯沒把假裝受難這招也跟著學起來，要不然她會覺得很蠢。

「有時候會。」答得很誠懇，他回。

雖然他當下也很無言，不過也就那麼被懵懵懂懂的加進公會裡了。雖然會長是奇怪了點，不過人其實不錯，而且公會的人也都對他挺好。

「你們會長聽起來果然很奇葩。」對於這點表達了肯定，維希定定回應。

不過，也難怪緋穹的名聲會這麼響亮就是了。

話說上回之後，她便拿著墨赫給的標章進到了皇城裡，找那個名為哈洛的大臣。皇城的國王是個年僅八歲的男孩，因此輔政大臣哈洛最為位高權重，幾乎關於世界裡所有的政務都是交由哈洛管理……所幸雖然皇室的爭鬥紛亂，哈洛倒也還是個忠心耿耿的臣子。

結果哈洛收了信後，竟然要她帶著訊息再回到卡俄斯，去內陸一個名為帕格梅諾的冰原城市，找個名叫艾蓓夏的法師回報這訊息，還讓她留在當地協助……總之她就這麼被迫在兩地間大概往返了兩三次，搞得她差點想寫信去客服投訴虐待玩家。

這遊戲的設計者知道這麼往返真的很麻煩嗎？她又沒有可以馬上回到奧德賽的傳送技能！

冰原城市——帕格梅諾位於卡俄斯南方，是一片矗立於內陸的高原。氣候極其嚴寒，還擁有古老的萬年冰河，帕格梅諾基本幾乎不適合人類居住。

不過為了不讓帕格梅諾變成荒地，便有一名實力高強的女巫師在中心城鎮設立了一道結界，讓結界內部的人在裡頭不會感受到寒冷，也保護城鎮裡的居民不受外來怪物的侵襲。

但自從封印減弱後，也許是因為魔族的計畫——一些長期住在帕格梅諾的狼族開始莫名變得兇惡，甚至去突襲外出的居民，還有些受傷嚴重的，導致最近居民都不敢外出……這讓駐地在帕格梅諾的艾蓓夏等人深感困擾。

反正大概是有什麼在那裡作亂吧？維希想。當然八成還有麻煩的副本需要去破就是了。

普通的海上航船並不比飛船，從奧德賽的港口查克到卡俄斯的港都倪克斯約莫需要十分鐘時間。雖然麻煩，不過比起還得轉到穹之都再下到陸地轉航，時間還要來得更久……她寧可乖乖搭船，頂多算發呆得久一點。

至於航船的目的地——倪克斯，則是個位於卡俄斯東方的商業都城，近似於查克，同樣因為港口貿易繁盛的關係而興起，只是規模更大。

倪克斯的科技和商業都十分發達，只是居民也相對較為疏離警戒，交流起來並不方便，甚至還有些排外。

「乘客們，歡迎來到倪克斯！」

船隻發出鳴笛的「嗚嗚」聲後，速度也由原本的飛速到逐漸停駐於港邊。船長室裡頭的男人喊了一聲，她隨即便見艙門打了開來，和他們一起搭船的其他玩家也陸續出去。

他們三人慢吞吞地隨在最後走出船艙，然而才領頭踏出陸地，她便忽地見到眼前一名橘髮女子快速飛奔了過來，差點沒把她嚇一跳：「小伊安安——突襲檢查囉！」

——飛奔而來的少女綁著頗有活力的雙馬尾，容貌清麗氣質，要是沒說話的話，大概也能被看做是類似希霏那樣的女神。

只是她走路時有些蹦蹦跳跳的，聲音也十分清亮活潑，情緒似乎非常興奮，倒是成了可愛成分居多。

才在思考這人是誰，維希便聽得了後頭緩緩走出來的伊修斯淡聲回應：「會長安。」

對於對方突然的造訪似乎已經很習慣，他走到她面前點點頭示意，又轉去看了看她後方帶來的其他人，「副會長好。」

而聽見他又道了第二聲好，維希才發現，來到這裡找他的，並不只一個。

「嗨。」表情有幾分無奈，被喚副會長的褐髮男子溫溫地笑了笑。

——會長？副會長？

緋穹的會長……是那個廣播裡才剛宣佈贏得公會戰冠軍的飄飄柔？她皺了皺眉。他們怎麼會突然出現在這？

狐疑地稍稍探頭過去看，她這一看後卻有點傻眼——來的竟然還不只兩個人，看著就像是一打完公會戰就一群人一起殺過來的……

「真是的，小伊還是一樣太嚴肅啦。」似乎對於伊修斯一點也不驚詫的反應並不滿意，飄飄柔盤著手，無趣地哼了哼聲，轉了轉眼，這才發現伊修斯旁邊還站了一人——

見到一旁神情困惑的維希，她像是發現了什麼似的，一雙眼睛一下子就亮了起來，「嘖嘖，小伊居然交了個女朋友，都不帶回來給我看看的！」一臉「你真不夠意思」地將伊修斯從頭到尾審視了遍，她昂起下巴咋了聲舌，就差沒要對方趕緊從實招來。

「……」沒料她會這麼自顧自地猜，伊修斯有點尷尬了起來，「不是女朋友，維希是我學姐。」怕對方總是自顧自的個性會讓維希不高興，他聞言，連忙開口解釋。

「哎呀，別害羞——反正現在不是，很快就會是了嘛——」彎眼笑得很歡樂，飄飄柔基本管都沒管眼前兩個人的臉色有多尷尬，倒是自己笑得很開心。

反正她的第六感向來很準，只要說了就一定成真的！

「……」維希也跟著沉默了。

她到底哪隻眼睛看到人害羞的？

「嗨，妳好，我是飄飄柔，緋穹的會長，請多指教唷！」轉而望向她，飄飄柔眨眨眼，笑得明媚燦爛。

「……妳好，我叫維希。」對於對方太跳躍的熱情一時之間還真不知道怎麼回應，維希只得幾分尷尬地生澀回應。

她向來不擅長應對太熱情的人，就連裴蘿第一次見到她也說她臉臭，還以為她在生氣之類的——沒辦法，她這人向來也不太熱情，更不知道怎麼對初次見面的人熱情。

尤其對這種玩笑，她還真不知道自己該怎麼反應。

「會長有事來找我嗎？」為了打破尷尬，也怕飄飄柔對她亂問奇怪的問題，於是伊修斯忙開口插了一句。

「來看看好久不見的小伊在幹嘛呀。」飄飄柔笑著眨了眨眼睛，隨後卻想起什麼似的，突然有些憂鬱地垂下了臉，「想說看小伊有沒有繼續努力招攬新人入會，結果沒想到竟然在偷偷約會，真是讓人太傷心了……」說著，她戲劇地嘆了口氣。

伊修斯已經不知道該怎麼反駁了。「不是約會……」這話說得很無力，因為他知道——自己大概無論再怎麼解釋，對方也絕對不會聽進去。

「哎──沒關係沒關係，陪『未來的』女朋友約會、培養感情什麼的還是很重要的──我懂我懂。」一副「你放心我懂你」的伸手拍了拍他的肩膀，飄飄柔點點頭，「放心吧，延攬新手的大任會有人繼承的，小伊你就放心的約會吧！」

「……」

癱著臉沉默，伊修斯此刻只覺得自己無力極了。

「我們先過去老地方。」站在最後方的一男一女大概有點無聊，於是沒什麼表情地互看了一眼，又或許該說那表情是習以為常的──意思地報告了一聲後，迅速使用了傳送道具離開，一瞬間便不見了人影。

而見機不可失，後方另一名金色長捲髮、身材姣好的靚麗少女便跟著上前拉了拉飄飄柔，表情有些不耐：「不要再丟臉了，快點走啦，未央他們已經先過去副本了。」雖然早就習慣了她總是對陌生人過分裝熟，但看那裡維希的表情已經越來越僵硬，她決定還是得上前制止一下比較好。

來不及把趁機跑掉的兩個人叫回來，又被好友這麼一拉，飄飄柔癟癟嘴，雖然還想拉著人哈拉幾句，但也只得乖乖聽話。「好啦好啦！維希呀，我們小伊個性太好，很容易被人使喚，妳可要好好保護他唷──」臨行前突然走到了維希面前媽媽似地叮囑了兩句，她笑容燦爛地逕自拉起了她的手，像是託付媳婦一樣的表情。

「……」維希已經不知道該回應她什麼了。

……話說那個還對伊修斯千叮萬囑要經常去新手地圖延攬會員回來的人，不就是她嗎？

而一旁的金髮少女則在心裡翻了個大白眼。

不就是妳使喚人家用怪招到處去幫妳招攬新手的嗎！

一旁褐髮少年的神情變得更加無奈了些，便伸手去拉起了飄飄柔的手，示意她趕緊跟上那兩人的腳步。金髮少女則迅速啟動了傳送陣，想著該趕緊把人給快點送走——

「那麼，掰掰啦——」

還能看見對方消失前正笑容燦爛地對著自己揮手，維希自始至終都很沉默，又或許該說根本不知道怎麼應對。

先離開的那兩個人她沒看到資訊，只看到緋穹的副會長名字叫詠夜，和米雅各一樣是聖騎士。金髮少女則叫做五月艸，是九十八等的聖諭使，而詠夜和飄飄柔似乎都已經到達百等封頂。

不過看起來，奇葩的似乎只有會長——這才讓她對緋穹這公會的印象稍微拉回來了點，不然她還以為整個公會都是怪咖。

「……抱歉，會長有時候不太聽人說話。」表情很尷尬，伊修斯有點愧疚。害她這樣被誤會，不知道她會不會生氣……

「沒差啦。」不甚在乎的聳了聳肩，維希也很無奈。誤會就算了，反正大概也只是開開玩笑，沒什麼好在意的，「反正你確實只是我學弟啊，也沒什麼好多想的。」

「嗯。」聽她那麼說後，伊修斯點頭應了聲，雖然說是鬆了口氣……卻忽然有點心不在焉起來。

也是——她只是他的學姐。

……沒什麼好多想的。

☆　☆　☆

維希在線上的時間通常不會超過十點。雖然猜測她大概並不是太早睡的人，但在娛樂時間控管的方面，她倒是對自己很嚴格。

而那天伊修斯約莫一直到十一點多時才準備要結束遊戲，然而才剛坐下，他的好友介面裡卻突然便傳來了維希的上線訊息。

……她怎麼會這時間上線？

原本人還在公會領地，預備便要按下結束遊戲的按鍵，他想了想，總覺得有點不放心，於是還是循著定位，搭飛船回了帕格梅諾的城鎮。

夜半的帕格梅諾萬里無雲，因為高原地形的關係，城鎮與天空十分相近，只要抬頭，便能看見一大片擬真的銀河星空，壯觀得教人驚嘆。

只不過因為是極地氣候，在城鎮外的地方總是冷得教人直發顫。

而他找到維希時，便看見她正仰躺在城鎮塔樓的屋頂上，不知道想著什麼。

「維希？」試探地喊了她一聲，他到她身旁蹲坐下，表情有點困惑。

見到他主動找來，她表情顯得微微有點詫異，不過說來似乎又不是特別驚訝。「原來你這時間還在啊。」幾乎沒有在線上遊戲留到三經半夜過，她抬起眼睛看他，似笑非笑，像是嗆他不應該熬夜玩遊戲。

「我明天早上沒課。」表示自己並不用擔心上課爬不起來的問題，伊修斯開口澄清。「不過，妳怎麼會上來？」頓了頓，他想了會，還是決定問了出口。

他總覺得她的表情看起來有點不太一樣，眼睛看起來似乎沒有平時那麼的……閃閃發亮。

——她在他的印象裡總是毫不顧忌地邁步向前，一雙眼睛一直都充滿光芒，好像永遠也不會熄滅。

但是現在見她這樣，卻平靜得有點不可思議。

「我上線很奇怪嗎？你才是這時間不該在線上吧。」笑著覷了他一眼，她又將目光移回星空，雙手支在後腦勺充當枕頭，「也沒什麼特別的啦，我只是想上來看看星空而已。」嗓音淡淡，她開口。

「星空？」伊修斯疑惑。星空的話現實裡頭就有了，為什麼要特地上線看？

「今天的天空雲太多了，看不到什麼，只好上線來看看了。」無奈地微微聳了聳肩，維希表情輕鬆揚揚眉，「而且我聽說，帕格梅諾的星空特別漂亮。」頓了頓，她笑說。

因為是極地氣候的原因，她還聽說這裡偶爾還會有極光呢……雖然說，說到底這也不過是遊戲，不過要是能看一看極光，那也還挺值回票價的。

「嗯。」點頭回應表示肯定，伊修斯也跟著抬頭望向天空——是很漂亮沒錯，尤其又搭上銀白的雪景。不過要論視野的話，他想穹之都應該也挺不錯。

只是，她怎麼會突然想看星空？

「尹沐霖。」沉默許久後，她開口喚了一聲他的名字，卻仍未離開看著夜空的目光。

而他困惑地側首望她，方才又聽她繼續出聲，「伊修斯這個名字，是你亂取的嗎？」像是早就預料過，她幾乎肯定地出聲問。

「嗯。」

「維希是我妹妹的名字。」得他回應後，她方才再度出聲，神情卻依然淺淺淡淡的，只他細細聽來，似乎能聽出她聲音裡還隱隱帶著點懷念，「一個我無緣出生的妹妹。」勾唇笑了笑，她說。

預感她應該還打算再說些什麼，於是伊修斯索性也向後躺到屋簷上，跟著她一起在上頭待了下來。

「記得上次的米雅各吧？他是和我一起在孤兒院長大的朋友，大概算得上是青梅竹馬。」思考該如何開頭會比較順，維希頓了頓，想起好友小時候的模樣，卻不禁又彎唇笑了起來，「那個傢伙啊，別看他現在可靠的，以前他被其他小朋友欺負了，還是我出面保護他的呢。」

「真難想像。」想起她說的那個比自己還高的男人，伊修斯認真地把她所說的模樣努力拉上連結後，很認真地表示失敗。

「是吧？那傢伙以前其實挺膽小的。」聳聳肩，她回想了下當時情景，聲音卻微微低了下來，

「我……是四歲那年進孤兒院的。不過那傢伙比我更早一些，在我之前就在那裡了，聽說是棄嬰。」

「十六年前的今天，我爸媽和我媽肚子裡的妹妹，都一起葬身在大火裡了……只留下我一個人。」聲音迴盪在兩人之間，她說得很輕，彷彿是在說別人的故事一般，卻又隱隱帶著一絲惆悵。

「當初剛懷上我妹的時候，我生母說，要叫她維希……這個名字，後來也就被我拿來當成英文名字用了。」微微彎唇笑了笑，她說。

沒想到她的背後原來還有這些故事……伊修斯一時有些怔愣，竟不知道自己究竟該回應她什麼。

「生母？」聽她停頓了片刻，他頓了頓，才小心翼翼地開口出了個問句。

「嗯。後來我被一對老師夫婦收養，他們對我都很好。」嘴角微微帶著笑，維希看著夜空裡閃爍的流星，卻感嘆這只是遊戲，並不能許願。「只是每年到這天，我總是會想看看星空，把星星當作他們，在心裡和他們說說話，說說我過得如何……」

「他們一定聽得到。」語氣很堅定地，伊修斯開口接話，然而與此同時的，他心底卻不禁也微微嘆息起來。

原來她的心裡，還藏著這樣的事情……

難怪她會總是一直那麼拚命——是因為，她不想給養父母失望嗎。

「你怎麼知道？」微微偏過頭，維希揚笑著反問。他又怎麼確定他的父母一定聽得見？而且這裡可是遊戲，怎麼可能能夠把她心裡的話傳達得出去……

「因為你對他們來說，是最獨一無二的。」表情十分認真，伊修斯定定地開口出聲，一雙淡然乾淨的眼睛正直直對著她，一如往常的誠懇，沒有一點玩笑。

可聽到他那番話後，維希卻沉默了下來，一時竟然不知道自己該怎麼樣回應。

「……是嗎。」

許久許久之後，她才將對著他的目光移回星空，若有所思地回頭淺應。

是最……獨一無二的嗎。

維希就這麼在帕格諾斯最高點的塔樓屋簷處，安靜地看了那片星空很久很久，久到後來便沒再說話，彷彿又回到了只剩下她一個人的世界。

而怕觸動到她傷口，他也不敢多加打擾，便也就這麼在她身旁靜靜地躺著陪伴，直到她主動和他道別下線。

他沒想別的。

只是想……如果他的陪伴，能讓她在這樣孤單的夜晚裡，心裡稍稍不那麼感覺寂寞和難過——就好了。

章五－混淆

秋末至初冬，隨時間推進，天氣持續地變冷，轉眼，竟也到了年末。

而不知不覺間，沈維彤的遊戲等級，也一路從新手達到了七十。

「維希，小心後面！」因為體力較差而在後方以水系魔法支援的裴蘿匆匆地跟著，微微喘氣，她有些跟不上前面四人的腳步，然而才跟到最前頭的副本駐關BOSS前，便見維希後方襲來一個小怪，眼看便要狠狠地朝她抓了下去——

迅速反應過後方有異動，站在維希身旁的伊修斯立刻快速地向後一躍而起，舉起雙弩槍，眨眼間便將偷襲的小怪給解決了乾淨，又轉身回去，朝著巨大淺藍色冰龍的BOSS射了幾槍吸引注意力。

維希也沒去管後頭偷襲來的怪物，似乎十分放心有他在，又或說是兩人冥冥中的默契——目光沒從前頭移開，她看著米雅各趁著冰龍注意被轉移時，雙手握著巨劍，猛力對著怪物橫空一劈，瞬間讓牠倒退了一大格，同時又將整個隊伍的防禦力提升了許多。

而見時機成熟，她右手握著的那把鑲嵌白色晶石的短杖瞬即發出光芒，空中驀地出現一道白色法陣。她專注地從中召出數條白色光線朝冰龍集中攻擊，又微微向後退開，左手現出一本翻開的白色咒文書漂浮，映照出一個天使模樣的女孩浮出，又將法陣的攻擊力加持得更加強烈了些。

被連續攻擊的巨大冰龍一時有些頓住腳步，也更惱怒起來，張嘴便欲口中噴出冰燄，裴蘿見狀，連忙施了個冰凍術將魔物的腳暫時凍住。而肖恩則趁此機會衝出，迴旋躍起，手裡的雙劍倏地旋繞出火焰，重重地在冰龍身上砍下兩刀——

「嗚——」仰首發出悲鳴長嘯，冰龍受傷慘烈，一道霧黑的濃霧從牠身上竄出，而牠隨後轟然倒地，化為光點，消散於空中。

在嚴寒冰洞的盡頭驀地出現了通往外頭的藍色傳送陣，肖恩收起刀，挑眉笑笑：「讚喔，我們越來越有默契啦！」

裴蘿卻看著維希升級的提示，有些頹喪地垂下了肩膀，「啊——討厭，現在連維希跟伊修斯都要追上我的等級了！」

「妳就都窩在公會領地不練等啊。」聳聳肩，七十一等的維希幸災樂禍地笑。

「對啊，裴蘿弟弟都不運動，都變成懶鬼裴蘿了。」九十五等的肖恩搖搖頭，一副孺子不可教的表情。

「乾，我也有練……三等，好不好！」挺胸為自己反駁，裴蘿不禁說得有點心虛。畢竟兩個多月來，維希都從新手衝到七十了，她卻還在八十三……說起來是挺心虛的。

嗚嗚，練等級很麻煩啊！

「慢慢來也沒關係。」緩頰地溫和笑笑，米雅各想了想，「只是維希想挑戰爬塔ＰＫ賽的話，第一階段的隊伍賽，裴蘿想參加可能會比較辛苦。」第二次開放全劇情的封頂改版還得等到明年，現在其實也未必急著要練到最強。倒是會參與ＰＫ賽的，大多都是九十以上的高手，她可能真的會吃虧許多就是。

「沒關係，到時候再找個人把裴蘿換掉好了？」故意地挑眉笑看她，維希順著接了話。

「欸，不是啊不可以丟下我！」著緊地嚷嚷了聲，裴蘿看了看自己的等級，又轉頭去看向肖恩，「那……肖恩女神帶我——！」

肖恩聞言爽朗笑起，「來來來，都帶都帶，就怕妳又窩在會地看妳的希霏女神叫不出來啦！」

「哦，承認是女神了欸，肖恩女神。」

「乾，妳閉嘴！」

趁著他們還在吵嚷時，伊修斯便到周圍稍微繞了繞。地面噴了不少副本BOSS掉的裝備，有些是普通只能拿來賣錢的裝，也有些較特別的武器飾品，只是帶他們的三人大多已經不需要。而其中有個高等級項鍊看著有些特別，他便上前拿起來看了看。

項鍊上頭的寶石是潔淨清澈白，還微微散發著細光，似乎是帶著聖屬性的，長得頗為精緻好看。

她回頭看了看維希如常的狩獵服，又看了看項鍊，突然有點想看她穿像公會裡五月艸那樣的聖諭使禮服。

「維希。」拿著那條項鍊，他走到她面前，將之遞與她，「這個，適合妳的。」

「啊？原來有這個啊，沒看到，差點漏了。」沒有注意到這次的BOSS還噴了項鍊，維希將它收了下來。可惜是限制八十等的道具……「謝啦。」說著，她對他笑笑。

伊修斯的等級在跟著她跑的時間裡，也一路從六十到了七十二。雖然她總覺得他的速度應該還可以再更快些，不過他總說他不介意，說是反正等級相近，也好和她一起解任務。

「不會。還有東西嗎？」七十等級的副本任務雖然他也是這次跟著她一起過，但畢竟職業不同，伊修斯便還是問了句。

「應該沒有了，我們走吧。」看了看任務提示後，維希道。

於是伊修斯乖乖頷首，便率先踏入了傳送陣裡，半晌，才又在隊伍頻發話：「是直接回城的。」

「那就不用探路了。我們直接走吧！」得到回應，維希回頭看了三人一眼，隨後便毫不猶豫地踏進了傳送陣裡，回到城鎮。

其實原本她是都習慣自己一個人直接往外衝的，只是她有時會網路不穩，尤其在使用傳送陣的時候。結果一次她出去之後並不是在城鎮，又運氣不好，遇上了高等級的怪物，當時她一個反應不及，差點就要掛了……

結果不知怎的，之後就都變成由反應最快的伊修斯先出去探路，再讓他們過去了。

或者說，就算維希想，他也會趕在她之前先走。

餘下的其他三人則感到有些奇妙地互看了一眼——雖然經常跟著維希當陪練，不過畢竟每個人時間不定，因此肖恩和裴蘿並不是每回都有空能和維希一起，米雅各則是在線上也可能得忙別的……結果不知不覺，他們倆的默契和感情都變得這麼好了啊？

「話說回來，米雅各和維希是在現實中認識的？」還不知道伊修斯是維希直屬學弟的事情，裴蘿進了傳送陣後，一面有些好奇地看著他側頭問。

「嗯，是啊，不過有彎長一段時間沒見了。」彎唇笑笑，米雅各跟著兩人在後頭循著維希的座標走，微微垂下眼，卻突然覺得有些苦澀，「雖然差了三歲，但我和她是……一起長大的。」

從她六歲至今，算來，竟然也已經有十四年了。

是她給他的生命帶來了光。可是他卻覺得自己離她越來越遠……

是因為他不能常常在她身邊的關係嗎？如果，能和她的距離再近一些……該有多好。

「哇，那難怪那時候米雅各第一眼就認出了維希，你們感情一定很好。」羨慕他們特別長久的感情，裴蘿感嘆。

「小米和維希也有特別的默契吧。」肖恩莞爾。

感情好嗎？米雅各聞言，不由得思索了起來。

他也不曉得，他和維彤究竟算不算感情好呢。

回城後不久，他們追蹤到座標時，便已看見維希和伊修斯在駐地的騎士之殿裡頭和各自的NPC說話。

「維希，感謝你解救了冰龍。」身穿暗紅色巫師服的艾蓓夏看著她帶回的冰龍鱗片，神情有些感傷，「若不是被黑暗所操控墮落……牠原本只是個單純的孩子，未曾想過傷害人類……」垂下眼瞼，她嘆氣，似乎十分哀傷。

「別難過，至少牠解脫了。」雖然知道是既定發生的劇情，維希聞言，還是安慰地伸手拍了拍對方的肩膀。

與此同時，她的任務介面裡關於「帕格梅諾」的主線劇情區域也宣告完成。

代表她在這個寒冷的地方的要事也總算告了一段落——太好了，她是真心的超級討厭冰冷氣候，在這裡，她得把身體對溫度的感受度調到最低，才能放心解任務打怪！

不過下個地方應該就是位於卡俄斯北部的蓋婭森林了，畢竟高等的玩家幾乎都聚集在那裡，連時間神殿的真正入口也是源自於蓋婭森林。

蓋婭森林是擁有千年古木的龐大木林，居住著龍族和矮人族，也有許許多多的人類分散定居於森林的小村落中……三轉的任務，應該也是要到那裡去。

然而才如此想，她還等著艾蓓夏告訴她下個去處，卻忽地看見一個村民匆匆忙忙奔了進來：「不好了、不好了——艾蓓夏大人，阿利斯泰爾突然被魔族襲擊了！」

——解任務時基本沒有碰過這一段，裴蘿等人在一旁看著，登時都有些疑惑了起來，不禁互看了一眼。

阿利斯泰爾是位在帕格梅諾最南邊的小村落，氣候比中央城鎮來的溫暖許多，雖然位置偏僻，但因為有一座美麗的天然高原湖泊——阿利斯湖，那裡雖然有衛兵駐守，但沒有結界守護，只是因為平時也只有旅客會到那裡觀光，並沒有發生過什麼大事，也還算治安嚴謹。

之前為了任務，也曾到那裡去解決魔族騷擾的事件，但他們先前沒有遇過這段劇情……可是看那個村民的模樣，似乎是真的很嚴重——

而艾蓓夏則蹙起了眉頭來，連忙便上前去追問，「怎麼會被襲擊？發生什麼事了？」神情凝重，她走到村民面前正打算詢問情況過去，然而此時外頭卻又匆匆忙忙奔進侍衛：

「艾蓓夏大人，不好了，外面有魔族的士兵正在攻擊結界！」

——魔族自從開始計畫解開路西華的封印後，便秘密於他們所不知道的地方開始組織起四散的魔族成軍隊，並一日比一日更加壯大了起來，方才使得世界各地被魔族襲擊騷擾的情況越來越嚴重。

可是這樣子這麼緊迫又詭異的攻擊，卻還是第一次！

艾蓓夏眉頭緊蹙。火燒眉毛的情況讓眾人都不知道該如何是好，於是她只得看向維希，著急地上前握住了她的手，「維希，村裡的城鎮只有我能修復和維持，我必須先待在這裡。」神色緊迫，她不知道還有多少時間能撐住這裡，畢竟能這樣兩邊夾攻，顯見魔族一定是有備而來，「我會開啟一個短暫能直接移動到阿利斯泰爾的傳送陣，能請求妳先代我去嗎？我隨後就到！」

面對這種請求也沒有推辭的理由，何況這大概又是任務，維希也沒想太多，開口便應道：

「好，我知道了。」

「太感謝妳了！我真不知該如何報答妳才好……」感激地對她一笑，艾蓓夏隨即支起長杖，喃喃低吟了一段咒語，地面上便浮出了一個暗藍色的傳送陣，「就麻煩妳先去協助了，如果情況太棘手也請不要硬撐。」神情仍不免有些擔憂，她說罷便匆匆出了殿堂，卻畢竟不知道那裡情況如何，更不曉得那是不是對方能夠支撐的境況。

「我知道了。」一定定地在她身後頷首應答，維希的任務介面也同時跳出了新的任務，卻沒寫任務要求——「精靈王之悲」的第二章，她的隱藏任務！

怎麼會在這時候跳出來？她有點困惑，回頭去看了看三人，卻見裴蘿在她面前努力在四周圍看了看，隨後不解地道：「維希，她說的傳送陣在哪裡啊，我怎麼沒有看到？」由於艾蓓夏已經衝出去解決結界的問題了，她也沒人可問，於是只得問她，「肖恩，你有看到傳送陣嗎？」想了想，她回頭看向肖恩。

「我也沒看到。」肖恩搖搖頭，「這會不會是維希的那個隱藏任務？我想小米應該也沒看見。」跟著在殿堂四周稍微轉了轉，他也只能表示無奈，同時回頭將目光放到了米雅各身上。

「嗯，我也沒看見。」對於自己幫不上忙而感到有些歉疚，米雅各微微斂下眼，「啟動每個職業的隱藏任務會有特殊獎勵，也未必只有在轉職的時候，中間也會穿插一些劇情任務……我想，那個傳送陣，應該是維希的個人副本。」

「我看得見。」一直靜默著的伊修斯，忽地淡淡開了口。

原來是相通的？維希愣了愣，隨後聳聳肩笑道：「既然這樣，就麻煩肖恩你們在這裡等我們一下啦，應該一下就好。」轉頭過去看向其餘三人，她爽朗地對伊修斯一笑，「那我們走吧！」這次沒讓伊修斯領頭先去探路，她說完便逕自踏入了傳送陣，感受到自己被某股力量迅速拉入了什麼空間……

然而重新落地之後，眼前所見的景象，卻竟怵目驚心得讓她一瞬之間渾身僵硬——

眼前一片豔紅赤火。

被燒得面目全非的房屋、遍地傷亡的人們。

她看著許許多多的人倉皇奔逃，被燒毀的木頭「嘎吱嘎吱」地斷裂掉落……她的眼裡全是赤紅火光，燒焦的氣味和慘叫聲，讓她一瞬間彷彿和記憶裡某些熟悉的畫面重疊——

「維希，躲好。」站在一旁，她眼前的中年婦人將一名小女孩推入衣櫃中緊鎖，嗓調溫柔而壓抑，「不論聽到什麼，都千萬別出來……」

——這裡並不是阿利斯泰爾，她看著周圍的佈景。

似乎是在劇情動畫裡……她這才稍稍回神。

強壓下心頭的惶恐，她看著方才的中年婦人和一名男人被一頭兇猛巨大的噴火龍給吞入腹中，而一名身穿黑衣、狂魅張揚的男人將手無縛雞之力的小女孩抓著頭高高舉起。

「小鬼，記住我的名字——塔納托斯。」那黑衣男人開口，一手緊捏住小女孩的下巴，揚唇笑得殘忍無比，「好好記著了，我會等妳報仇的、小鬼。」

笑著將臉湊近了她，他臉上滿是噬血猙獰，

——眼前驀地出現一片光，又將她從動畫的回憶畫面拉走，回到了那個原該是世外桃源的仙境城鎮。

她從「維希」的回憶中出來，便見到那個男人就在她面前，肆意放蕩地笑。

然而大火卻仍在延續——甚至燒得更為張狂。

「小鬼，十多年不見，妳可有膽量向我復仇了？」耳邊傳來塔納托斯的挑釁聲，與此同時，他駕馭操控的龍仰首長嘯，而她的任務要求也出現了殺死噴火龍。

但她沒去看。

她的眼裡，只見得人民四處逃竄著，魔族的士兵卻在到處掠奪，原本純樸安靜的村落被噴火龍的火燒得面目全非，還有些是被火龍給生生折磨死的。

僵硬地轉過頭去，她卻看見她旁邊一個婦人被斷裂的木柱給壓在了下頭，表情痛苦而猙獰地朝著她伸出手，嘶啞地出聲：「救……救我……」

然後「轟」地一聲，婦人上頭的屋簷斷裂，將她的生機生生地抹滅——

她整個人僵在原地，連ＮＰＣ對她的喊話和即將而來的攻擊都不及注意。

火……不行，她不能回想，她不能去回想……

「維希！」

清澈乾淨的熟悉聲音將她喚回神，她猛地一愣，便被伊修斯半攬著向旁邊高高躍起，生生避開了那裡襲來的一記火球！

跳躍躲避的同時不忘施放技能攻擊怪物來拖延時間，伊修斯提著雙弩槍，一手護著她，一手提槍射出三枝光箭攻擊火龍的眼睛，總算才讓牠動作稍稍遲緩了些，並趕緊退到一旁角落站好。

——伊修斯跑完劇情動畫就看見她站在原地發呆，還看她臉色發白，難看得糟糕。心裡還擔心著想問她怎麼了，就見到那裡的BOSS開始攻擊了起來，她卻還一點動作也沒有。

所在位置還離她有點距離，雖然有點失禮，但比起救不到她——他也只能先那樣子做了。

而維希還有點愣。

感覺腰際上被人撐扶著，她眨了下眼，轉頭對眼過去，便見他迅速將手抽了回來，表情有些不好意思，「抱歉。」臉微微有點紅，所幸現在正是火光漫天，看不到他表情——雖然說只是遊戲，但畢竟是全息遊戲，就好像碰的是她本人一樣。

「沒關係……謝謝你。」表情有點僵硬，維希皺了皺眉，不自在地垂了垂眼，手微微收緊，努力平了平自己的氣息。

沒事，沒事——不過是遊戲，又不是真的火災……她沒什麼好怕的，這又不是真的火——

伊修斯看著她的反應和神情，又看了看將小城鎮燒得通紅的火光，頓了頓，總算似乎明白了什麼。

「十六年前的今天，我爸媽和我媽肚子裡的妹妹，都一起葬身在大火裡了……只留下我一個人。」

原來——她怕火。

「維希，妳在後面用聖書輔助我，我來當主攻。」眼見噴火龍很快便反應過來，張嘴又要攻擊，伊修斯微微蹙眉。依她現在的情況，肯定是沒辦法恢復平時的水準擔任輸出，這隱藏劇情的BOSS等級和攻擊力都非同一般，依她現在的狀況——她是很有可能出事的。

雖然只是遊戲——但他也不想看她受傷。

何況她總是將疼痛程度調得和現實一樣，要是受傷會是死亡……那也會和現實中一樣痛。

沒給她說不的時間，他說罷便迅速躍起，提槍就往火龍一擊！

「吼嗚——」火龍被他瞬間所射出的數十枝弩箭所擊中，那箭上還帶著他專修的風屬性，雖然不算全剋，但也算稍稍剋了火屬。痛苦地嚎叫了一聲，牠很快便被激怒，回神便想尋找攻擊牠的敵人反擊。

然而伊修斯的速度太快，卻教牠只能看見地面上的維希，於是抬起手，便要往她的方向攻擊過去！

「維希！」著急地喊了她一聲，他怕她又陷入了陰影和恐慌裡，以為她就要被火龍的攻擊擊中，卻見她很快召出聖書來，啟動光壁，將攻擊給生生擋了回去。

「我沒事。」聲音恢復了冷靜，維希面容總算稍稍淡然下來，「倒是你這小子，既然打算搶我風頭就別分心！」說著，聖書被她召到空中，她隔空在他身上施了個防壁魔法，又召出了聖光加持他的攻擊，並依靠自己的光壁術迅速閃避，退到了火龍暫時攻擊不到的地方。

她知道自己現在狀況不好，要是硬著想當主輸出的話反而會拖累腳步。

副本畢竟得他們兩個一起過，不過火龍身體龐大、腳步慢，除非操控的塔納托斯出手……否則她想，應該還是速度快的伊修斯吃香。

她見過伊修斯的敏捷度，甚至還比雨季裡最強的遊俠來得快——比起攻擊，他更擅長的是速度，只要不分心，她倒是不擔心他會被擊中！

而眼見她臉色總算好看許多，伊修斯心裡這才放心下來，於是凝目會神，再次使力躍至高處，對著火龍試探地射了幾箭，尋找牠的弱點。

然而火龍似乎知道了他的意圖，察覺他在自己附近亂竄後，忽地便猛力拍動了翅膀，似乎是欲將他震走——

「小心！」維希不住喊了聲，又從聖書中放出巨大白色立方防壁，將火龍包圍住，蹙眉，另一手有些不穩地控制著向內收緊，勉強地制住了火龍的行動。

聖書是她的輔助武器，是大部分聖諭使的主要武器，同時也大多是專來使用輔助技能的。她的聖書技能學得還不多，主以聖系魔法為主，偶爾摻雜其他水或風屬性的小魔法。不過上回練習防禦魔法時她卻意外發現，防壁魔法其實不只能用來防禦，能夠牽制，甚至是攻擊……雖然還用得不甚熟稔，但這時候卻能派上用場！

險險地避過火龍的翅膀，伊修斯利用她的牽制踏上火龍身軀，再提高高度，迅速繞到火龍身後。他發現那隻龍幾乎不讓人到他後頭，尤其以方才塔納托斯所在的後頸位置最空……那裡應該就是弱點？

心緒定下後，他便將兩把弩槍集疊在一起，一枝巨箭由中生出，身旁同時出現許許多多光芒凝集而成的弩箭，而隨他高舉而下，一同往火龍最脆弱的頸部射去——

與此之時，維希也於一瞬收起所有防壁魔法，倚靠聖書再迅速轉而於空中現出巨白色法陣，撐起光壁，直直地戳入火龍頸子裡……

「吼嗚嗚嗚嗚嗚——」被這般雙重攻擊後，火龍再支撐不住，長長地嗚嗚一聲過後便轟然倒地，並化為光芒消失。

伊修斯鬆了口氣。

總算是結束了。

任務欄位裡跳出「噴火龍1/1」宣告了任務完成，然而他四顧下來，卻見塔納托斯早已趁亂消失，不知所蹤。

不過又話說回來，以現在的他和維希，應該也打不過那個BOSS……消失了，也好。

維希愣看著噴火龍消失的地方，又哽著喉頭看了看滿目瘡痍的村莊。

——結束了。可是火卻還沒消失。

還想著這村莊該怎麼滅火，天空便突然落下漫天而來的水珠，倏地便將大火給熄滅——只是村落已經變成了殘破模樣，恐怕短時間內無法恢復。

「維希、伊修斯，還好嗎？聽說這裡剛才來了魔族的軍團兵長——」

「他跑了。」這才想想那個塔納托斯應該就是「她」的仇人，伊修斯走到艾蓓夏面前，「但是，噴火龍不是應該在比耶茲嗎？」他之前查過攻略……那隻噴火龍，明明應該住在多數龍族居住的火山地帶才對。

而且回憶動畫裡，那個孩子失去父母的地方，也是在蓋婭森林的村落……那隻龍無論如何都不該出現在這些地方啊。

「我想是塔納托斯操縱了那個孩子來到這裡。」神情有些憂鬱哀傷，艾蓓夏向來視所有族類為己出，如今見到噴火龍變成這樣，心裡也不好受。「維希、伊修斯。我剛剛追查過，塔納托斯留下的氣息似乎到了蓋婭森林，恐怕會有事情發生。還得請妳過去那裡，協助我的好友德莫特……」

後頭還說了些叮囑的話，艾蓓夏說完，讓他們接受了到蓋婭森林的任務後，便讓他們再用傳送陣，回到了帕格梅諾的中央城鎮。

維希卻一直有些心不在焉，除了知道接著要到蓋婭森林之外，恍恍愣愣地不斷出神。

不過臨行前，艾蓓夏還給了她一個樣式標緻的頭飾，像是髮鍊一樣的東西，上頭細細地佈著聖屬性晶石，典雅而標麗。

聽聞那是特殊道具，只有解了職業隱藏任務的人才能取得……可她的心緒卻還未平復，頭似乎還隱隱作疼起來。

「肖恩、裴蘿、米雅各，我還有事情，今天就先下了。」也再沒有心情繼續玩遊戲下去，維希回城後，心裡還是煩躁，匆匆道別便關機下了線。

可是回到現實，燒焦的氣味卻似乎還在她鼻腔裡縈繞，仍未散去。

——她確實怕火。

就連瓦斯爐都幾乎不太用，她厭惡火，連聞到氣味都想吐。因為每當看見火，她總是不禁會想起，那個對她而言毀滅的夜晚……

「叮咚！」還坐在床鋪上沉思，沈維彤的神智被LINE的通知聲拉回。她看了看，是周建禹傳來的關心訊息。

「維彤，還好嗎？」

能想見對方應該正對她的異樣感到擔心，她嘆口氣。說來也是奇妙，小時候總是她當大姐頭擋在這傢伙前面的——從什麼時候開始，竟然變成了總是他在擔心自己？

「我沒事。明天有考試，先忙。」

不想他知道自己為什麼突然下線，她想了想，決定就讓他當作自己是要K書吧。

將手機接上充電線，她盤算著該來做點什麼轉換心情，然而手機螢幕卻又突然亮起。

隨著訊息通知聲而來，她看了看，傳訊給她的卻是尹沐霖，不是周建禹。

「學姐，有空嗎？」

在通訊軟體裡似乎還是習慣稱呼她學姐，她想起尹沐霖現實裡話少，其實聊起天來還挺有些想法，話也不少。

上次交換加過好友後，她便意思地問候了下對方，沒想就那麼聊了起來……也算偶有連絡，有時在學餐遇上了還會一起吃個飯。

「怎麼？」也不知道他想做什麼，沈維彤困惑地回。

「天氣冷，出來喝杯熱的，透氣。」尹沐霖回應，「妳喝奶茶嗎？」

沈維彤眨眨眼。

「熱牛奶，謝謝。」

☆　☆　☆

「怎麼突然想出來喝東西？」

握著對方請她的溫熱牛奶給手取暖，沈維彤穿著身厚外套，和他並坐在學校對面的便利商店外。

她還真是想不到這人會突然想到就叫她出來喝東西……出來前還讓范雨薇給問了一把。沒特別想給對方請客，她也買了杯熱咖啡請他，反正她正好也想透氣，就當作順便吧。

「下線後覺得挺冷，想喝東西而已。」側頭看她，尹沐霖倒是只意思地披了件外套。

他知道她怕冷，冬天出門總是全副武裝——如果是找她出來喝熱飲的話，她應該是不會拒絕的吧，他只是這樣想。

他知道她自尊心高，要是擺了明地問她怎麼了，她大概也只會裝作沒事吧。

「是嗎？我看你不太冷啊。」狐疑地睨他一眼，沈維彤挑眉。

尹沐霖拉拉外套，「室內比較溫暖。」表情正經地蒙混，他說完從口袋裡頭拿出手機滑開，側頭對她微微笑笑，「我錄了精靈王和女祭司隱藏故事的劇情，要看嗎？」

「錄？」聞言，她有些驚奇地湊了過去看。原來可以錄？他是怎麼錄下來的？

「我安裝了錄影的軟體，錄完會傳送到指定的硬體上。」他將手機打開，點了被他放在最前頭的影片，「進到副本的時候，還放了我的劇情動畫，所以我比較久。」

「哦……」原來，難怪他過了那麼一陣時間才到地圖。

拿過尹沐霖的手機來看，她見遊戲的畫面裡，他的身分經由系統變化，一下子從伊修斯，變成了精靈王。

——畫面來到被火焰吞噬的阿利斯泰爾。

精靈王看見了大火中佇立著與塔納托斯對抗的祭司少女，驀地有些愣，時光倒流迴轉，他回想起了千年前那場大戰，和一個堅毅強韌的女祭司相遇。

他在一次戰役負責引開兵力時，不小心之下重傷被逼到絕境……在蓋婭森林的某處，他再支撐不住地倒下，卻正好遇上從神殿經由隱藏結界出來檢查的女祭司。

女祭司是侍奉時間女神許久的座前主教，擔任主持神殿的要職。在那樣戰備的緊急時刻，神殿掌管著時間之力，最是需要小心被掠奪，照理說是不該讓任何外人進出……但她看著奄奄一息的精靈王，糾結片刻，還是心軟將他救了回去。

性格並不溫柔體貼，女祭司雖然一直嚷嚷著讓精靈王傷好後就得趕快走，但卻還是日日悉心照料。

精靈王臨行前一天，女祭司對精靈王說了許多話，像是傷懷，更多卻是對於戰爭的擔憂。

「精靈之主，我聽聞精靈族一向厭惡戰爭，為何你會願意參戰呢？精靈族原本可以不受牽連。」

女祭司基本上並不認為誰能有辦法對抗以半神身分闇墮的惡魔路西華——如今的路西華已經不是當年被驅離神族的罪犯，而是蟄伏了千年的黑暗之主，就是整個神族群起對抗，那也必定是兩敗俱傷……

「為了守護精靈族。」精靈王和她並坐在窗前，望著外頭皎潔明月，神情也有些感慨，「能封印路西華的，只有精靈族，我也不願見到精靈族闇墮，成為黑暗的魁儡。」

「這樣嗎……」女祭司仰首望著窗頭，感慨地輕嘆。

「路西華遲早會將目標放在神殿。女神大人說，倘若聖騎士失手，你就是唯一的希望。」微微斂下眸子，她頓了頓，方才微微側首，望向精靈王：「雖然渺茫，但我也只能將希望寄託予你了，精靈之主。」

女祭司的神情很平淡，卻很認真，彷彿還帶著某種視死如歸的死寂。

精靈王那時不懂她的神情代表什麼，卻將她的話記得很清晰。

——直到他離開後不久，傳來神殿被路西華殲滅的消息。

那惡魔說，是因為女祭司將他救進了神殿裡，而他的氣息導致神殿結界位置暴露，才會讓整個時間神殿一夕之間覆滅淪陷……他甚至被迫去看女祭司死守神殿慘死的畫面，看著那個堅毅的少女毫不死心的奮戰到最後一刻，卻都是因為他——

帶著愧疚與不知名的恨意，在那一場大戰，他最後終於將路西華封印，然後抱著殘念受詛咒睡去……

直到千年後，精靈王再次遇到轉生的女祭司。

這次，他只想保護她——想將虧欠於她的都還清，不再讓她受傷害……

——故事劇情暫時就到這裡告一段落，看著大概得等全部劇情破完才能看完這兩人的最終結局。

沈維彤愣了愣。

這兩個劇情共通的職業任務，居然還是個愛情故事來著？

「還不錯嘛，挺感人的。」聳聳肩，她將手機還給他，覺得還挺有帶入感，那女祭司的性格看著和自己還挺像的。

「嗯，我上網查了一下攻略，三轉任務，應該就是塔納托斯的副本。」點點頭，他回應道。看她心情似乎平復了許多，尹沐霖這才稍稍鬆了口氣。

他其實並不知道該怎麼安慰她才好，他想她一定不願說出口，於是他便決定隨便找個什麼轉移她注意，正好他錄下了影片……幸好她有興趣。

「倒是你這傢伙感覺挺宅啊。」捧著紙盒包裝喝了口牛奶，沈維彤給自己冷冰冰的手呼了呼熱氣，笑覷了他一眼調侃。

「假日有時也喜歡去別的地方走走，看天氣。」頓了頓，他看她似乎暖手暖得很辛苦，於是遲疑地看了過去，「妳很冷嗎？」

「怕冷啊，咱們學校又風大，一到冬天手沒暖過。」無奈地給自己的手心搓了又搓，沈維彤縮了縮肩膀，又奇怪地轉頭看他，「幹嘛一直盯著我的手看？」

「……」
尹沐霖試探地伸手戳了戳她的手背，還真是冷得像塊冰。
「真冷。」有點詞窮，他也不曉得自己怎麼就想這麼做，心裡一下子有點尷尬起來。
「噗，幹嘛，想握握看就說啊，你這傢伙可愛什麼？」忍俊不禁被他反應惹笑，沈維彤以為他只是好奇，倒覺得他好笑起來，自己是半點也不避諱，又或者該說沒神經。「話說回來你手還真熱欸，乾脆借我暖一下——」
隨即感受自己原來還暖和的手被人冰塊一樣的手給搓得冰冰涼涼的，尹沐霖愣著看她並不十分滑嫩的手，軟軟冰冰的，蹭得他心裡莫名泛起了一絲異樣。
「……男生跟可愛有什麼關係。」不自在地垂下眼，他微微蹙眉。
「誰說男生不能可愛來著？」沈維彤揚眉看他，「我就覺得你經常認真過分得挺可愛的，難怪老是被拐。」
尹沐霖聞言再皺了皺眉。
被拐？自己太好騙嗎？
「我也能拐人的。」莫名就有點不服氣，他突然就伸手拿過桌面上她的手機，趁著她還怔愣時輸入了自己的電話號碼，又拿她的電話撥給了自己——
「拐到妳的電話了。」挑起眉頭，他幾分得意地晃了晃自己的手機，難得笑得明顯了許多，看上去倒是挺開心。

沈維彤哭笑不得。「還真是有你這麼……幼稚得可愛的學弟！」

這傢伙平常看起來憨呆認真的，倒是這麼幼稚起來才真正讓她感覺——這人是個小了她一歲的弟弟啊。

章六－逐漸

接近年關的十二月初，許許多多學生和社會人都忙於期末和年關工作，各自忙碌奔波，但似乎卻也不減玩家開啟遊戲的熱情。《晨櫻》就趁著聖誕節將至，陸陸續續也率先推了幾款聖誕節限定的情侶道具──諸如外觀套裝，或是雙人座騎、兩人特效之類的。

然而也在這冷颼颼的十二月初裡頭，《晨櫻》裡頭，卻也出了一件教人驚破天際的大事──

「從今日起，殘血惹與希霏宣佈解除夫妻關係，從此分道揚鑣、禍福獨當！」

系統公告裡驀地傳來這麼聲宣告，頓時間，不只雨季的公會頻道炸了，整個伺服器的世界頻道都炸了。

「啥？希霏離婚？真的假的？」

「不是吧，他們不是開服就在一起了嗎，發生什麼事了啊？」

「喂喂，有沒有雨季的能出來解釋一下！」

「別提別提，我是雨季的，我現在也一臉懵逼啊！」

──ＩＤ殘血惹，ＰＫ榜上排行前五的高手男玩家，台服著名的封頂男俠客──同時也是雨季的副會長，更是會長希霏公測以來的伴侶。

希霏雖然少話又冷漠，和殘血卻相處得非常穩定。每每一個眼神一個字，殘血就能理解希霏的意思，堪稱是會長希霏的翻譯機。

維希見過殘血幾次，也和殘血說過幾句話。對方的樣子雖然並不特別出眾，倒也還算是斯文翩翩的人，態度也溫和得體，是個很受公會愛戴的人。

而希霏和殘血一直都是遊戲裡頭人人稱羨的神仙眷侶，打副本的默契也好得沒話說——這一離婚，幾乎把所有人都給嚇傻了！

「喂喂喂，現在是怎麼回事啊？希霏女神怎麼了！」

估計是公會群組裡很快傳開了消息，照時間原本應該還該在忙碌的裴蘿匆匆忙忙就上了線，急得在公會頻道裡直問，「肖恩，你剛剛在嗎，到底怎麼了，希霏女神怎麼會跟殘血副會長離婚？」

「不知道啊。」一面還在和維希練等，肖恩搖搖頭，「我剛剛關了頻道語音在專心打怪，突然就看到離婚了。」基本上並不八卦就沒想多問，畢竟希霏雖然說是他的會長，但他和對方並不熟——雖然也很疑惑大事發生的理由，但他也沒太好奇就是。

畢竟是遊戲情侶，也許散就散了吧？

「不行不行。」聲音聽起來還是很著急，公會頻道又傳來裴蘿的聲音，「之前希霏女神也幫過我……我直接去找她問問！」

風風火火地說完後，維希和肖恩便沒再聽到裴蘿的聲音，估計是循著座標跑去找人了。

維希微微有些困惑。「裴蘿說希霏幫過她是什麼意思？」在隊伍頻裡發問，雖然也不是特別八卦，但畢竟沒聽過裴蘿提起，她不免還是有些好奇。

肖恩聳肩笑笑，「也沒什麼，只是裴蘿之前不是雨季的，當時在前公會出了點事情，希霏幫過她，後來還收她入會。」

在裴蘿加入雨季前便已經認識，肖恩雖然知道箇中複雜緣由，但並不想隨意說出好友的私事。不過，裴蘿從被希霏幫助過後就極度崇拜對方那倒是真的。

「這樣啊。」原本就沒想問太多，維希聳聳肩回應，就當知道了。

好吧——反正無論希霏那到底出什麼事，依這遊戲的八卦程度，估計幾天後就又是流言滿天飛了吧。

而維希的猜測並沒有錯——在那之後不久，整個遊戲裡都沸沸揚揚地傳開了、說是緋穹的一名叫做未央的女會員介入了希霏和殘血之間，害得殘血跟希霏離了婚……

「未央？怎麼可能。」聽見這傳言後，便連伊修斯也皺起了眉頭。

未央是他們公會裡的神射手，雖然和他並不熟，但在他印象裡人不錯，飄飄柔也很喜歡她……而且他記得，未央不是和他們公會一個闇騎士更……要好？

「我也不知道啊！公會的人說的。可是飄飄柔堅決說不可能，我也覺得這事太有蹊蹺，反正別人說的有八成都是不準的……但當事人又不說話，誰也沒辦法。」表情很無奈，裴蘿幾天來找不到結果，殘血又一天到晚不見蹤影，希霏更不願說太多，她也只能從乾著急到看著辦了。

而且上回她去找希霏問了，對方竟然也只回她一句：「我們依然是朋友。」

嗚嗚，這讓她怎麼知道究竟發生了什麼事啊！

「那當然，別人怎麼說管他們去！明明是那個殘血來纏我們未央，怎麼可能是未央纏著他！」那邊跑來找伊修斯的飄飄柔則滿臉怨憤，就差沒天天到遊戲論壇上刷未央這人有多好——反正不管怎樣，她都是百分之百支持他們未央的！

維希也很無奈，聳聳肩，只能當是個新聞過了就罷了。

反正她想，人們的記憶力都是洗刷很快的，這事再怎麼樣，不過一兩個禮拜就過了吧。

只是讓她沒想到的是，遊戲裡的人並沒有很快遺忘這件事，反而還莫名地越演越烈。甚至到了雨季的會員一見到緋穹的會員就要開嗆的程度，讓跟著她一起練等的伊修斯不免也受到了影響。

「維希，妳幹嘛跟緋穹的人待在一起？」

「對啊，妳知道他們怎麼毀謗我們殘血副會長嗎，明明是他們的人當小三！」

——這情況著實讓人頭痛，無奈之下，她只得在風口浪尖的時間裡都暫時先把公會定位還有公會頻道都給關了，留著好友頻道跟裴蘿還有肖恩聯絡。

不過就是玩個遊戲嘛，何必呢。

「哎維希維希，大號外！快來快來！」

帶著這樣尷尬的處境——在決定暫時關了頻道的隔日，她才一上線，便忽地聽見裴蘿從好友頻道裡著著急急地喊了她。

難道又是公會的事情？維希皺眉。「怎麼了？」才剛準備回城鎮去接任務，就迅速見到裴蘿的座標快速到了她附近，更風風火火地冒到了她面前，伸手捉住她手腕就要跑：

「大號外啊維希！我剛才看見，伊修斯居然和一個超級美女的高等玩家在一塊練等！」

超級美女？

詫異一瞬，維希狐疑地皺了皺眉，「哦……他朋友吧？」那傢伙不是最愛去新手地圖到處幫助人嘛，說不定是哪個幫他幫助過的人來著——

「可是他們超親暱的欸，會不會是女朋友？」試探地看著她的反應，裴蘿細細看她神色微沉，於是更誇張地眨了眨眼，「那個女生還和伊修斯勾肩搭背的，感覺很熟啊——真是的，伊修斯竟然認識大正妹也不說。」

作惋惜地搖頭嘆氣，裴蘿看著向來愛面子又強勢的維希難得有點恍了神，不禁暗自竊笑起來。正中紅心！

從上次聽聞他們兩個在現實中也相識之後，她看伊修斯天天跟著維希跑，還經常關心她吃飯沒有、作業如何等等的……這讓她實在越看越覺得他們——鐵定有問題！

「……哦，有女朋友也很正常吧那傢伙？」

不知道為什麼，明明應該和她無關，可是她這話卻說得有些不自在。

想到那個在她印象裡沒什麼女性朋友的直屬學弟可能有個網婆，她突然就覺得心裡有點悶，略一恍神，就被裴蘿一路拉著從穹之都到了倪克斯去。

「是女朋友就更要去突襲啦！什麼時候伊修斯交了女朋友都沒報一聲，超沒意思的欸，一定要他從實招來！」笑得燦燦爛爛，她將他拉到倪克斯中央塔樓的樓頂上，果然便見到伊修斯和一個身材高挑苗條的女生站在那。

眼珠子骨碌碌地轉了轉，她看著維希明顯地愣在那了那兒，正好看見系統提示她肖恩上線，於是忙道：「欸那個——維希，我看到肖恩女神上線了，我昨天跟他約好的，就先走了啊！」隨口找了個藉口便一口氣溜走，她一瞬間便不見了蹤影，迅速就趕去了肖恩的座標位置，打算找個人八卦一番。

——其實她早在剛剛見到大正妹的時候就跟伊修斯打過招呼了。所以要是她出現的話，一切就都曝光啦！

維希有點愣，還沒反應過來裴蘿又怎麼了，轉正頭去，便見到那裡兩個人果然正親暱地勾搭著肩頭。

「哎喲，不錯啊小伊，這麼久不見，你也總算把這遊戲玩到快三轉啦，操作也熟悉了很多嘛。」

一手豪朗地搭著伊修斯的肩膀，發話的女子一頭金色層次長髮，五官深邃標緻，明豔漂亮，身材高挑窈窕，幾乎教人一眼看過就難忘。

她好奇地點開來看了看——是個ＩＤ名叫梅絲的雙刀女殺手，等級八十五的刺客，沒有所屬公會。

裴蘿還真沒騙她，真是個電視劇裡走出來一樣的女生……維希感嘆。

她很少見過這樣像模特兒的高挑正妹了。雖然她不知道為什麼她人一到這之後，跑得比飛還快，就留她一個在這，還在好友頻道裡拚命和肖恩聊天打鬧得很開心，問她在幹嘛也不回。

抬眼望過去，她只見那邊高挑明麗的女子一手搭著清秀少年的肩，兩個人都是俊男美女，看上去挺相配。

她這才回神過來。

等等，她站在這打擾人家約會幹嘛？

趁著兩個人還沒發現她前便打算趕緊離開，維希沒想當電燈泡，趕忙轉身欲走，身後清澈的聲音卻響了起來：「維希？」

「……」

腳步一頓，她僵了僵，只得乖乖轉回身打招呼。

這下好了，真成了電燈泡了來著……她要怎麼裝死啊？

看著那個正妹一起把目光投了過來，她乾笑地扯了扯唇，覺得整個人都尷尬了起來。

她該怎麼打招呼？

嗨，好巧？

——巧個屁，誰會特地跑來屋頂跟人家巧遇的……

此時此刻突然很想揍扁半路落跑的裴蘿，她感到頭疼地按了按太陽穴，只得正正臉色，上前咧嘴笑道，「呃……裴蘿說你交了女朋友，硬要拉我來看，結果自己突然跑了。你這小子，找了個正妹女朋友也不說一聲的，真不夠意思。」作豪朗地笑笑，她卻覺得有點言不由衷，怎麼講怎麼怪。

真是奇怪，她是怎麼了——他這年紀的學弟嘛，交個女朋友很正常的，說不定還是現實中認識的……

「……」聽見她的話，伊修斯一時沒反應過來，愣地眨了眨眼睛。

女朋友？裴蘿說的？

然而他都還沒開口說些什麼，一旁的梅絲便已毫無形象地開口大笑了起來。

「哈哈哈哈哈……不錯不錯，居然還能被誤認成你女朋友！」笑得很開懷，女子大力地拍了拍伊修斯的肩膀，似乎覺得很開心。

伊修斯嘆了口氣，隨即走到維希面前，「維彤，她是我姐姐，尹靖玫。」直接喊了她的真名，他頓了頓，又轉回頭看向梅絲，「姐，這是我直屬學姐，沈維彤。」

——姐姐？

維希傻愣住。

她這才細細去瞧，發現他們倆的五官其實還真有點神似，都帶著那麼點外國人的深邃和高挺。

「哎，這就是你常常說起的那個直屬學姐呀？」興致高昂地立刻湊了過去看，梅絲挑了挑眉頭，笑容燦爛地揚起了嘴角來，直直對她伸出手，「嗨，你好，我是小伊——沐霖的姐姐，尹靖玫。遊戲裡，喊我梅絲就好，不用太拘束。」莞爾，她偏了偏頭，一雙眼睛笑成月彎，卻偷偷地盯著她仔細打量起來。

——那小子天天在賴掛在口中的直屬學姐啊，看著倒是個挺倔性的女孩子。不過倒是清清秀秀的，感覺挺乖巧的女生，倒是不用擔心了。

不過看來，她家老弟的初戀之路會很艱難哦……

「……妳好。」有點尷尬於自己剛才的誤會，維希伸手握住了她的，乾笑著回握招呼。

丟臉死了，都怪臭裴蘿——害她把人家親姐姐誤認成女朋友！

「我姐已經大學畢業了，前陣子在忙案子，今天才有空上線。」算是解釋了為什麼她會到今天才見過自己也在玩網遊的姐姐，伊修斯開口。

而梅絲立刻有些不滿地板起了臉來，「喂喂喂，小伊，怎麼可以這樣亂爆料親姐姐的年齡？你姐我永遠十八歲好嗎。」

嫌棄地覷了親弟弟一眼，她上前擠開他的位置，又彎唇對維希笑，「唉，維希，我這弟弟啊，傻不隆冬的，別人一個三言兩句，簡簡單單就給拐了去了，還真是叫人擔心，以後啊——麻煩妳多多照顧他啦。」俏皮地眨了眨左眼，她說罷便開了密語頻道起來，意味深長地丟了句語音：

「哎呀呀，看來我家萬年魯蛇弟弟總算要脫離單身狗啦——」

「……」伊修斯萬分無奈，也沒回應，只沒好氣地睨了她一眼。

「姐，妳案子都畫完了？」直接在公開頻道開了口，他這話倒有幾分趕人的意味，就怕她又挨著人亂說話。

尹靖玫和他差不多時間開始玩的，當時練的速度還比他快很多，只是後來因為畢業找到了本科系的設計助理工作，大概為了儘快習慣工作內容而忙碌了許多，就連開遊戲的時間也沒了，跟他也只剩下偶爾的電話聯絡。

說起來他和尹靖玫，是也有段時間沒見了。

「就剩下檢查啦，剛剛正好在等檔案傳來，有點空檔，就開遊戲上來看看我親愛的弟弟，順便回來練練手呢。」眨眨眼，梅絲轉頭背對維希，對他笑得一臉「放心我懂你」的表情，還朝著他自顧自地使了個眼色，「好啦好啦，不打擾你們年輕人……打遊戲。我下去把改好的案子給客戶，等忙完了再跟你們一起打副本啊。」

「嗯，別太晚睡。」雖然知道姐姐鐵定又是天天熬夜，伊修斯還是慣著唸了一句，也不知道她那個詭異的笑容是什麼意思。

梅絲則在下線前賊兮兮地對著伊修斯眨了眨眼，「你這話哦，留著對我未來的弟媳說吧！」說罷，她便如風一樣地消失了。一時間，樓頂只便剩下了維希和伊修斯，而前者卻還有點尷尬。

啊……果然是糗爆了。害得人家姐姐下線前都用那麼怪異的眼神看她……

「你姐，還真是挺漂亮的……啊哈哈哈，一定讓很多人誤會過。」乾笑幾聲，維希強作鎮定地開玩笑。

「我姐和爸比較像。」聞言頓了頓，伊修斯開口回應。

比起他，尹靖玫的五官確實比他更來得深邃立體，也更加高挑好看。不過他還是挺驚訝的，因為他和姐姐一直都長得相似，很少有人能認錯……難道是因為遊戲的關係？「對了，妳說，裴蘿說，我女朋友？」

「對啊，剛剛那傢伙拖著我來的。」心裡還有點怨念，維希撇撇嘴。可惡，看她回去找不找她報仇！

伊修斯卻是微微皺起了眉頭來，「可是妳上線前，裴蘿才來打過招呼。」

「……」

好啊，敢情裴蘿是吃了熊心豹子膽——居然唬弄她！

維希恨恨地磨牙。回頭她一定找裴蘿算帳，誰擋她她殺誰！

「早餐吃了嗎？」沒再繼續追問，只當裴蘿大概只是沒說清楚，他開了系統看了看時間，正是假日的早晨九點——記得她假日的下午也有班，不知道吃過了東西沒有？

從LINE裡聊天時聽她提過，她將自己的時間分配得很滿，經常忙得忘了該吃飯，有時是兩餐併作一餐吃，更多的時候是連吃都省了……又是熬夜又是三餐不正常，她這樣鐵定把身體搞壞。

「沒。剛醒來整理了一下明天報告要用的簡報，待會中午有人約吃飯。」聳聳肩，她是想自己反正也還不餓，並不急著吃。

「約吃飯？」難得聽她有飯局，伊修斯有些好奇地追問了句。

維希頷首。「嗯，米雅各……周建禹從北部下來，說很久沒見了，想和我聚一聚。」

想想自己和他也真是將近一年沒見到面了，畢竟是從小長大的朋友，維希還是將他看得挺重要的。

她也挺想看看那傢伙最近狀況如何，要是已經有女朋友，那就更好了——對她來說，周建禹就是個亦兄亦友的人，她可是一直期待著能有嫂子的。

伊修斯聽他說是聚會後，卻突然沉吟起來。

聚一聚嗎……

「我也能約妳吃飯？」

半晌，他抬起眸子看她，表情很認真，「家聚周，直屬聚會，妳在忙。」

言下之意是說當時家聚周她沒約他出來「家聚」一下了——維希抽了抽嘴角。

不過是要補家聚聚會的話，這怎麼說也該是她約吧，怎麼他說起來竟然是學弟約學姐？

「行行行，給約，都給你約。週末上午我都有空，看你想約哪時。」無奈地扯扯嘴，她倒是拿他沒什麼辦法，尤其是他這個一本正經的表情。

誰讓那時候家聚周正好撞了期中周呢，害得她有一天還不小心就睡在了圖書館裡……期間那幾天還得感謝他跑來一起K書之餘，還總是順路出去幫她買晚餐回來，就當賠罪，約個飯局也沒什麼。

「學餐就好。明天中午，一起吃。」微微彎唇笑，伊修斯又開口道。

這麼容易滿足，只吃學餐就好？維希不解地眨眨眼，才想問為什麼，便又聽他說道：「約假日，妳又得熬夜複習。」

……他竟然知道自己的習性，維希有點驚訝。

這傢伙，怎麼越來越神通廣大了來著。

「行，就學餐。至於要哪家，到時給你挑吧。」她聳聳肩。反正學餐也好，她也用不著騎車出去找餐廳，還能省點錢。

伊修斯點點頭表示明白。「練等？」慣例將她邀請入隊，他看著應該還有一兩個小時時間能一起玩，於是又問。

而她則毫無猶豫地按下了確認鍵。「行，走！」咧嘴一笑，她看著好友裡頭還顯示著上線的裴蘿和肖恩，嘴角溫度又拉得更開了些，「順便來去找裴蘿和肖恩一起啊。」

——順便去問問裴蘿那個小混帳，到底存什麼心思捉弄她的！

☆　☆　☆

「維彤！」

才騎著機車到餐廳目的地，沈維彤拿下全罩安全帽，便聽見了周建禹熟悉的溫潤嗓音響起。

她轉過頭去，便見那裡黑色碎髮的斯文青年朝著她走來，面上掛著一慣淺淡親和的笑容，修長高挑，氣質出眾，好像偶像劇裡走出來的溫和男二角。

和她記憶裡那個略帶青澀的少年已有些落差，或許因為出社會讓他多了些磨練，他的眉眼已然成熟了些許，笑起來似乎也穩重了許多。

她感嘆。真是老樣子，這傢伙到哪都是注目焦點啊——

「好久不見啊，建禹。」

掛好安全帽，將車鎖好後，沈維彤便也跟著下了車，提著包包朝他走近。

遊戲裡和遊戲外畢竟不同，總算能在現實裡頭再和她聚上一聚，周建禹格外地高興，得她回應招呼後，便更顯得開心了些，「好久不見，維彤。最近還好嗎？」

瞧她精神奕奕的，就是人看著瘦了點……周建禹心底有些擔心。

她還是像之前一樣，好像不要命似的把自己的時間塞滿嗎？

「還不錯。倒是你這傢伙，看起來工作挺穩定啊？」

「還行。不過過陣子遊戲要改版，最近又要開始忙起來了。」莞爾笑笑，他推開門，入了餐廳落座，便見她隨手就拿了水出來喝。

而發現她隨身攜帶的保溫壺裡還散著熱氣，他有些驚訝，「妳總算習慣喝熱茶了？」

知道她體質偏寒，容易冷，但是趕行程時經常匆匆忙忙的，自從高中開始打工後，她有時候出門路邊隨便買個什麼冰的就喝。以前還常見到時他常叨念她，也想著多顧著她一點，她卻經常左耳進、右耳出……

看來大學了，她也總算曉得該好好照顧自己，他挺欣慰。

「哦，被逼著喝就喝慣了。」雖然主要原因還是因為天氣太冷，然而原本確實基本上並不喜歡喝熱的東西……沈維彤聳聳肩，有點無奈。

誰讓有個傢伙在她窩學校趕報告查資料時，每回都塞熱茶給她，還讓她非喝不可，說她都感冒了一定得多喝熱的東西……久了也就慣了，感冒好後因為寒流，就乾脆繼續這習慣了。
「被逼著喝？」周建禹困惑。
「啊，就那個伊修斯。上次意外發現他竟然是我直屬，挺意外的。」聳肩，她隨意點了個菜單上最便宜的簡餐，順帶向服務生要了杯熱茶來喝，「因為同個系的關係，後來就約著一起唸書，反正我也能教教他。」
「這樣啊……」
周建禹這才總算明白，為什麼她在遊戲裡頭和那個伊修斯默契異常地好。
他鮮少見她和誰那樣格外要好，原來……是因為他是她直屬學弟。
「嗯。不過話說回來，你都畢業有一年了，什麼時候帶個嫂子回來給我看看啊？」挑挑眉，她飽含興味地笑笑。
「工作忙，哪有時間找嫂子回來給妳看？」無奈地苦笑回應，他眼裡帶些落寞，又似乎帶著某種遺憾。
「還忙呢，再忙，我們周大帥哥都要忙成單身老男人啦。」看著服務生將她點的義大利肉醬麵送上，她拿起叉子攪了攪麵條，一面調侃地笑。
看著她一如往常沒什麼心機的爽朗笑臉，周建禹淺嘆。
是呢，那麼多年，她從來沒有在乎過，也從來沒有看見過……
如今她身旁也有人照顧了。

也許，他是時候該放棄了吧。

「那行，我先看著我們維彤小妹有個歸宿，我和沈定老師都能放心了，我就找個嫂子給妳。」揚眉，他笑笑地調侃回去，「看起來那位伊修斯學弟有點希望？」

即便不能當陪著她的那一個，他也要看她幸福才行。

這樣……他也才能放心。

「什麼東西，你想太多啊？你連人都沒見過呢，何況他年紀還比我小。」沈維彤翻了個白眼，「快吃快吃，我下午還得打工，我才二十，叔叔沒那麼急著把我嫁出去的。」沒好氣地擺擺手，她不再看他，決定低頭專心吃麵。

周建禹聽見她的話卻是一頓。「這麼多年了，還是叫叔叔嗎？」

「……」沈維彤拿著叉子的手一緊。

是啊，這麼多年了。

可是每當她閉上眼睛，那個夜晚竄天的大火，卻還是會侵入她的夢境。

彷彿是一道鎖，將她勒得死緊，永遠也無法逃脫。

☆　☆　☆

說是在學餐約吃飯，其實尹沐霖也不過是在沈維彤打工時間結束後、在下節課來臨前的空閒時間碰頭——約飯聽起來太曖昧，大概只能算順便吧，他想。

然而沈維彤才換下工作服出來，便看見對方眼前已經放了兩份鐵板麵，對方還一面仔細地替她將洋蔥之類的嗆辣食物挑出，連飲料都替她倒好了。

「……鐵板麵多少錢？」沈維彤還有點反應不過來。他是為了省時間幫自己先買？

「除了這個，還有不吃的嗎？」沒回答她問題，尹沐霖抬頭看她，逕自又問。

「其實我只是不喜歡，但不至於不吃……你也不用特地幫我挑。」到他對面落座，沈維彤對他過分的細心還是有些不習慣。

他這樣跟前跟後的，讓遊戲裡他們公會的那些人都說他是她小跟班了，她總覺得那樣對他不太好……雖然大多是因為他是緋穹的人，他也總讓她不用太介意，風言風語聽聽就好，反正很快就過。

但……她還是覺得過意不去。

「……太過了嗎？」眨眨眼，他微微蹙眉，表情有點無辜，似乎是擔心自己這麼做讓她困擾。

他這一表情倒像是自己欺負他了……沈維彤一下子就心軟了下來。

「沒有沒有，沒太過、沒太過。」連忙揮揮手，她忙提了筷子起來吃麵。「吃，都吃……但是下一餐讓我請回來啊混蛋。」撇撇嘴，她向來就不喜歡欠人人情，何況還是給學弟請吃飯。

「好。」尹沐霖微微笑開，總算才鬆了口氣。「快要期末了，又要繼續K書嗎？」

「可能吧，你也該念書不是嗎？大一剛進來，課業應該還跟得不習慣吧，那些老師總是喜歡給菜鳥下馬威。」之前一起唸書就是和他在圖書館遇到了，後來就乾脆一起到附近麥當勞讀書，說還能順便吃飯。

「嗯，再一起唸書嗎？」

「行，有哪裡不會的，姐還可以再教你。」爽朗地咧嘴笑，沈維彤挺得意。自己當初還是系上第三名呢，要教個學弟，綽綽有餘的。

「好。」

乖巧地點點頭，尹沐霖見她笑，便就也跟著笑了。

「——欸，維彤？」

旁邊傳來熟悉聲音，語氣裡頭還滿是驚訝。沈維彤側過頭去看，發現是剛下課來覓食的范雨薇，手上還抱著厚重的教科書。

見來人是她，沈維彤吞下嘴裡那口麵，笑著抬起了頭來，「雨薇，妳也來吃飯？要不要一起？」

「噢，好啊。」范雨薇一面愣著點頭，一雙眼睛卻悄悄地拚命往她對面的人打量。

看見她難得竟然願意乖乖坐下在學餐吃飯挺驚訝，但看見有男人跟她一起吃飯更驚訝——維彤總是買了午餐就又繼續趕，會跟人坐下吃飯夠讓人驚訝了，何況還是男的！不過等等，旁邊那個樣子乖乖靜靜的小鮮肉怎麼長得有點熟悉……

「等等——你是、伊修斯？」愣得直瞪大了眼睛，她驚詫地伸手直指眼前的少年，簡直不敢置信——不是啊，眼前這個人、換了個髮色不就是伊修斯了嗎？

那個一直跟著維希，跟到整個公會的人都知道他的小遊俠——怎麼會在這裡？他們網聚了？還在學校裡？

沈維彤眨眨眼，「啊，對，忘了跟你說——伊修斯，尹沐霖，我的直屬學弟。」不過她認得還真快，竟然一眼就認了出來……難道還真是她臉盲得太嚴重？

「居然這麼巧的事情？」范雨薇很驚奇，一雙眼睛瞪得更大了，「連續看妳兩次出糗、從新手就跟著你跑任務的那個伊修斯，就是被妳放生的直屬？」

「喂喂，能別提那些嗎？」不甚愉悅地皺起眉，沈維彤這才想起來——出糗兩次！她都忘了！

「尹沐霖，給我把那些事情全忘了！」惡狠狠地瞪過去，她威脅地瞇起眼，一手橫在脖頸前一劃。要是敢把她出糗的事情說出去——那就是殺頭！

「嗯，忘了。」乖巧地點點頭，尹沐霖答得很乾脆，表情很認真。

「……」范雨薇沉默。

敢情維彤這是找了隻寵物回來養來著？

☆　☆　☆

「哈哈哈哈哈——小鬼，妳真的能夠打敗我嗎？」

張狂而囂張地仰首大笑，一襲暗黑衣裝、長髮飛揚，那個強大的男人早已失去理智，伸手朝著眼前兩人瘋狂攻擊，速度卻快得教人閃避不及，讓兩個人一開場就吃了他好幾招，一時間多了好幾個傷。

閃避地急急向後跳躍閃避，伊修斯後躍之間，提槍對他射了兩槍牽制，忙道：「維希，小心，快開護盾，用能量反轉！」

「知道。」照他的指揮迅速倚仗聖書放了光壁將自己和他一同圍住，她又隨之快速拋出聖書，在空中施展開巨大光陣，反射他襲來的好幾個黑暗光球，「伊修斯，這傢伙速度太快，你用風繩鎖住行動，再補個暈箭給他！」

「好。」聽話地放箭牽著綠色光繩將塔納托斯的腰束住，伊修斯暫時牽制住他的行動，並在他掙脫之前用另一支弩槍放了泛著紫光的弩箭下去，總算暫時暈了塔納托斯。「維希，他速度快，妳吃虧。我牽制，妳攻擊。」說著，他用弩槍後拉將繩索拉緊，並回首看向她示意。

——在平安夜的夜晚，維希總算達到了八十等，並和八十一等級的伊修斯一同前往破解三轉副本。

塔納托斯出現在蓋婭森林深處，與此同時，維希也遇見了另一名聖騎士職業少女的ＮＰＣ，才知道她是千年前大戰的重要人物之一，也是唯一能夠斬殺路西華的人——只是卻在決戰前幾日遭到暗殺。

然而，最讓她驚詫的大概是——原來塔納托斯原本並不是路西華的手下，甚至曾經是重要的戰士指導教官，甚至是那位聖騎士少女轉生後的父親！

投靠黑暗也不是他的本意，他是當年遭人強制擄走，變成了黑暗的俘虜……

這三轉的副本，大概就是要打敗他了吧。

於是——帶著騎士ＮＰＣ上路，她和伊修斯也顧不上時間，決定趁著八十等，一路殺到蓋婭森林，直闖三轉任務！

不過由於是隱藏任務，也只有她和伊修斯可以進去就是了……

「左邊！」眼尾瞥見塔納托斯猛地由他左方橫掃巨刃過去，維希連忙出聲提醒，同時放出巨大光壁將塔納托斯籠罩，「趁現在，放大絕！」

眼見塔納托斯已經差不多耗盡體力，她心底稍稍鬆了口氣。畢竟是長達了三十分鐘的纏鬥，縱是向來以速度為專長的伊修斯也有些累了。

而趁著維希將他限制住，他再次跳躍起，將雙弩槍交叉相疊，由空中降下箭雨攻擊——

「可惡，你們這些小鬼……」受到重創，塔納托斯不支倒地。維希同時收起光壁，用短杖召出聖光，給了他最後一擊！

「呃嗚！」被她倆人擊倒重傷，塔納托斯驀然倒下——這才總算結束了漫長的攻略行動。

劇情動畫的最後，「她」卻並沒有殺死塔納托斯，而是在聖騎士的面前施放了淨化，解救了塔納托斯十多年來被束縛的心。

「我很感謝妳……」唇角揚起笑，塔納托斯受了重傷，已然無法起身，卻仍撐著虛弱的身子，顫巍巍地發話，「可是我如今，已經沒有顏面活在這世界上了……」

慚愧痛苦地閉了閉眼，雖然明明應該還能挽救，他在最後關頭卻選擇了用最後的能量，結束了自己的生命。

看著那個曾經殺害「她」父母的惡人，卻竟是這樣的背景和原因，還用了這樣的方式結束……維希有點感慨。

再接下去，就是挑戰路西華，然後整個故事就總算能結束了吧。

從傳送陣回到蓋婭森林回報任務，正式轉職成聖諭使和行刑者後，伊修斯看了看時間，已經是深夜十一點。

他仰首看向寂靜夜空，「十一點了，不休息嗎？」想她平時很難得會玩到這個時間，他關心地問。她晚上還要複習，明天還得打工，會吃不消吧？

「沒差。平安夜耶，今天不唸書！」撇撇嘴，維希伸了伸懶腰。她忙活了大半年的，總也有自己的休假時間吧？

「好。」他微微笑著點頭，「我跟妳一起。」

——「砰！」才這麼一說完，一聲驚響夜空的聲音卻教他們的目光一同被吸引了過去。

他們同時抬頭看，只見天空突然綻放數朵燦爛煙花，一波比一波更加漂亮，奪目閃耀，幾乎跟現實中的煙火一樣耀眼漂亮——

維希看傻了眼。「遊戲裡還有煙火能看啊？」

「大概是慶祝聖誕節吧。」伊修斯莞爾，「這裡是樹林，看不清楚，我們到樹上去吧？」

——夜空中，煙花閃爍。

她和他並肩坐在樹頂上頭，和著遠方山巔幕景，沒有現實中光害和人聲的打擾，安靜而靚麗。

「好久沒有這麼安安靜靜地看煙火過了。」許久不見的煙火讓維希有些看得愣花了眼，感嘆地吐了口氣，她舒了舒肩頭。自己似乎，很久沒有這麼輕鬆過了。

或許她該感謝范雨薇。她很久……沒有讓自己輕鬆過了。

「我陪妳看。」微微側首看她，他淺笑應。

維希聞言一愣。側首望回去，她莫名就跟著笑了起來，心裡頭莫名地有些暖。

雖然是在遊戲裡……

但原來有個人能陪她過聖誕節，是件不錯的事啊。

章七－重要

「維希，我真的覺得妳長得很可愛，也很聊得來啊，給我賴吧，我只是想跟妳做個朋友——」

「不要，我不想跟你做朋友。」

「欸，維希這麼拒絕好傷人啊——我的心受傷了，要維希的賴來彌補……」

「吵死了，滾邊去，不要吵我練等。」

……

一面施咒打怪，一面還得忍住想放冰魔法砸人的衝動，維希抽了抽嘴角，覺得渾身都很煩躁，有種下一秒就想開扁的衝動。

轉眼過了期末周，寒假過去。打了一個月的短期工讀後，她回到學校，也總算找到了份穩定的工讀工作……也開始讓自己的生活多了些空閒，不再那麼緊迫地將自己的行程排滿。

雖然……她還是忘不了那場火。

不過，她想，那麼多年了，或許她也真的漸漸可以忘記了吧……

而話說在開學後不久，她某次上線練等時，不巧好友裡頭只有她自己一個。她也不太在意，就獨自到穹之都逛逛，然而卻在商店街找裝備的時候，遇上了個怪人纏上。

那怪人職業是個狂戰士，ＩＤ叫做亞瑟，等級還好，估計是個專做商人的。那時看她看上一個頂級的法師套裝，對方大概還看她正思索著，居然就直對她說：「怎麼樣，正妹，給我賴，這件裝備就送妳如何？」

——她沈維彤怎麼可能做這種出賣自己的事情？結果這傢伙也不知怎麼的，居然天天追蹤她作標到處跑，纏她纏得她身邊的朋友都認識這人了。

「欸欸維希，這人是誰啊？」混了一個寒假的裴蘿正好有幾天忙著沒玩遊戲，結果上線就看見有人纏著她問東問西的，於是便在隊友頻道裡發了話問，表情顯得有些古怪。

「怪人。」最近幾天已經被問得很不耐煩，維希答得很簡潔。她脾氣原本就不好，這下更被弄得一天到晚都想發脾氣——要不是相約好要在四月前一起到達封頂挑戰ＰＫ賽，她根本就連開遊戲都要覺得煩了。

不敢招惹瀕臨發飆邊緣的維希，裴蘿摸摸鼻子，只好用密語頻道去把肖恩和米雅各問了一遍。

她腦子裡倒是有了主意。

這種時候，該把伊修斯拖出來幫幫維希才對呀——

「伊修斯最近似乎比較忙，遇上維希的時間比較少，好像都和亞瑟來找維希的時間錯開。」微微蹙眉，米雅各也有些擔心。原本他是從來不擔心她被騷擾，不過這個人似乎還挺死纏爛打……

不然他也想趁這機會推那兩個人一把呀。

聞言，裴蘿骨碌碌地轉了轉眼珠子，意味不明地笑了起來，「不然這樣，維希，我們肖恩女神借妳坦啊，他雖然吵了點，借出去坦也挺體面的。」從隊伍頻道發話，她對肖恩挑挑眉。而且還能順便看看伊修斯的反應，真是一舉兩得！

「殺毀！」突然被點到名，肖恩驚得整個人炸了起來，連忙擺擺手，「不好吧，我覺得……小米啊，小米不錯，小米跟維希不是好朋友嗎？」他急匆匆地便想把這當坦的位置讓出去。拜託，風口浪尖的，他才不幹──維希身旁可有很多人都圍著呢。

「米雅各？」裴蘿瞇起眼，摸摸下巴，「嘛──也行，你們誰幫幫維希都好啊！」

她就一個女孩子，就算去把那男的罵一通他都不見得會理會自己咧，怎麼這些男生一個個這麼沒用啊──真是的。

被點到名字的米雅各也很無奈，「我大部分時間都在忙，怕也幫不太到。但如果維希需要，我可以幫忙的。」只是怕自己太貿然出面替她說話會給她造成困擾，何況他認識的維希，向來對沒有興趣的對象都是……十分狠辣的。

記得高中時候也有個學長纏著她告白，後來被她當眾罵得可難聽了……之後惱羞成怒，對方就在背後把她黑了一遍，雖然她本人完全不介意，那學長也基本沒黑成功就是。

「不用，我才不需要別人幫我，這種貨色我自己搞定就好。」聳聳肩，維希不屑地哼了哼。她不過是想看看這傢伙到底多有能耐，暫時不想太狠罷了──要真狠起來，她還不怕讓他從此看到自己就想跑嗎？

不過，看那邊裴蘿活蹦亂跳的沒受影響，她也算是稍微鬆口氣。其實她本來還怕亞瑟會跑去纏住裴蘿，結果後來看著似乎對她並沒有興趣……也好，裴蘿那個性格，被纏了才真的讓人擔心吧。

她倒是無所謂，雖然煩了一點，不過依她的脾氣——她也不覺得那傢伙能纏她多久。

於是終於等到伊修斯上線後，便是看到了個生面孔纏著維希不放。

「伊修斯你終於上線啦。」看見難得兩個人都在，裴蘿連忙竄了過去八卦，一臉「你終於來了」的神情。

「怎麼了？他是誰。」皺眉，伊修斯看著那個頭髮挑金的狂戰士一直對著維希跟前跟後的，又拉又扯得好像挺親暱，心裡就有些不愉悅了起來。

「那個人啊，聽維希說，好像是上次在逛商店街的時候遇到的，後來就一直纏著維希問東問西的，還一直要賴，都快煩死維希了。」

伊修斯眉頭皺得更深。

有人纏住她？

於是他快步走了過去，「維希，早。」刻意地走到她身旁，微微捉住她手腕，將她稍稍往自己的方向拉了過來。

「……？早啊。」還弄不清楚狀況，維希便感覺自己被人拉了過去。

「呃……你好啊。」身旁的人忽然就被拉走，看見這情況，亞瑟的表情也有點僵硬。

伊修斯卻當作似乎完全沒看到他一樣，「吃飯了嗎？」

「呃，晚餐？還沒吃。」她愣地眨眨眼，突然覺得自己這邊氣氛有點微妙。

「吃晚餐啊？你們住哪啊，說不定很近，改天可以約一下。」見機便想插話，亞瑟人又往他們倆湊了過去，大概也有幾分試探的意思。

「那一起吃飯。」伊修斯繼續無視他，「再用LINE約個時間，我去找妳。」表情很淡定，他直直地看著她，神情十分專注。

「哦……好啊。」雖然平時原本就會這樣對話，不過維希總覺得他看起來有點怪。

亞瑟這下不高興了，「欸欸，維希妳這不公平，怎麼他有妳的賴我就沒有……」

伊修斯微微蹙眉，眼睛依舊看著她，開口就把亞瑟的聲音打斷，「學姐，妳最近怎麼好像招蒼蠅，比肖恩吵。」

「……」肖恩覺得自己躺著也中槍。

好小子，平常惜字如金的，現在倒是一開口就間接嗆他啊！

——事實證明，就是平常木訥乖巧堪比萌寵的小學弟，吃醋起來還是挺幼稚的。

裴蘿光想那個亞瑟被氣得滿臉大便，又拿人一點辦法也沒有的表情就覺得實在太有趣。亞瑟跟維希要LINE，伊修斯就故意拚命在他面前提自己和維希私下聊天的事情；亞瑟問維希住哪，伊修斯就說要送飯去給她；亞瑟問維希年紀，伊修斯就邀她一起自習唸書。

總之是對方有多纏人，伊修斯就表現得有多無微不至，充分展現了忠犬該有該知道的一切……

裴蘿感嘆。高明啊高明，剛認識的時候，她都沒想過像維希這樣強勢的女生能給什麼樣子的人收服，沒想到卻是個小了她一歲的忠犬弟弟——雖然說維希本人到底有沒有察覺，說起來是挺教人擔心就是了。

「看來裴蘿弟弟很熱衷於湊合小伊和維希啊。」看她在一旁看戲還看得津津有味的，肖恩揚揚眉。這人八卦跟雞婆的個性還真是一點沒變過……他挺無奈，這不是挺容易讓自己捲進是非的嗎。

裴蘿聞言咧嘴賊笑。「嘿嘿，我不過就旁邊稍微推個幾把嘛，不然看得多心急。」

米雅各聞言無奈笑笑，「沒事，維希的個性沒那麼遲鈍，就是思維上鈍了點，不用太擔心的。」莞爾，他心裡頭雖然還有些失落，可是看著她身旁總算有了人能照料陪伴，更多的還是欣慰。

畢竟……也是他看著長大的妹妹。

於是這麼反覆幾天後，亞瑟大概總算逐漸放棄了纏著維希的念頭，漸漸就不見了影子。

維希對這結果挺欣慰。雖然對她而言花的時間還是稍微多了點，不過不用她出手講難聽話就能解決，也是好事一件。

「這次就多虧你啦，那傢伙真是纏人纏得我差點就想直接殺人了。」笑得舒朗，維希伸了個懶腰，突然覺得天氣無比晴朗。

伊修斯頓了頓，「殺人會紅字，不好。」表情很認真，他開口，「先下線了，我等等過去找妳。」

「找我？」她疑惑。

「嗯，買飯順便。吃乾麵嗎？」

「噢，好啊，都行，我不太挑食的。」聳聳肩，她看著時間確實也差不多該下去做事了，晚點辦完正事再開遊戲就好，反正現在都九十等了，後面十等才是練等地獄……可以慢慢來。

「好，等我。」頷首，他說完便關機下線，估計出門買飯去了。

於是她便也向朋友們招呼了一聲，按了結束鍵回到現實裡頭。

尹沐霖速度很快，說要給她送飯，果真很快便來了電話。

而尹沐霖在樓下等候時，正好遇見了范雨薇上課回來，倒是見怪不怪地看著這個經常光顧她們住處樓下的常客。

「學弟，又來找維彤啊？」

「嗯，學姐好。」應答得很乖巧，尹沐霖點點頭，手裡還提著熱騰騰的晚餐。

穿著身薄長T恤，隨身披了件黑色大衣和灰圍巾，襯得他精瘦身形看著更俊朗幾分。

雖然擺著張冷冷淡淡的臉，他的眼神倒是很誠懇，說話語氣也很認真。

范雨薇看了他半晌，又看了看樓梯，想想室友應該沒那麼快下樓，於是神情認真幾分，正色定望向他，「沐霖學弟，我有個問題想問你，不介意我直接點吧？」

「學姐問吧。」尹沐霖再次點頭。

范雨薇看他認認真真的，想想大概也不是個會蒙混自己的人，於是便也就直問了出口：「學弟，你喜歡我們維彤吧？」

這話問得開門見山，讓尹沐霖聽得整個人一愣，一時竟不知道該怎麼回答好。

他有點遲疑。

可是……這是她最好的朋友吧？

「嗯。」沉靜片刻，他略一斂眸，沒什麼懸念地點了點頭。「學姐能不說嗎？」凝色抬眼，他表情十分認真，嚴謹而小心。

不想給維彤知道，卻還是告訴了她嗎？

范雨薇只得扯扯嘴，「嗯，知道了，我不會說的。」雖然並不知道對方打算做什麼，又或是只想要默默暗戀……但畢竟也是他們的事情，她管不著，就是看得急了才忍不住問了句。

但人家學弟都這麼誠懇地問了，她自然也只能答應。

「謝謝學姐。」頗為鄭重地頷首回應，尹沐霖才說完，便見眼前的鐵門又被開了起來——是沈維彤。

披著件厚外套，她隨意紮了個低馬尾便探頭出來。「范雨薇，妳幹嘛站在那發呆？」古怪地看著他們兩人之間的奇怪氛圍，她皺皺眉，一面搓了搓被冷風吹得冰冷的手。

「我剛下課回來呀，正好看到沐霖學弟又來給妳送飯。」聳聳肩，范雨薇裝作若無其事的，又幾分調侃地對她挑挑眉，「妳呀，一天到晚讓學弟給妳幫東幫西的，經濟系都說妳拐了個忠犬回家養了。」擺擺手，她說完便逕自進門上了樓。

她只是想給她室友個提醒——雖然說學弟付出是自己願意，但畢竟都給人說成了那樣子，再下去，她都要成了使喚工具人的糟糕學姐了。

何況她看起來，維彤應該不是毫無心思的——總還是得推一推。

而被留在樓下的沈維彤聞言皺了皺眉。

忠犬？

這麼說起來，這段時間確實都是這傢伙一直跟著自己……

「尹沐霖。」看著他手中那一袋乾麵，她認真地想了想，「我這樣害你一直被誤會，是不是不太好？」

他畢竟也有自己的交友圈吧，結果因為她，遊戲裡遊戲外都被說成了那副樣子……她想來想去，實在是過意不去。

「因為妳，沒有關係。」

沒什麼猶豫地，尹沐霖定定回答。

沈維彤聽得一愣，還沒想清他那句話是什麼意思，她手裡便被塞進了那一袋乾麵，聽得他又道：「我還有事情，先回去了，好好吃飯，晚點線上見。」

她一怔一怔地點了點頭，「哦……好，晚點線上見。」

大概因為被那樣直問了出口，尹沐霖走得有點急，連她到底上樓了沒有都沒細看。

他其實很早就發現自己喜歡她……可也沒多想什麼，只是想在她身邊還沒人之前，待在她的身旁。

他知道他只是她的學弟，可能對她而言，一輩子也不可能。

所以……只是守護著就好了。

不想讓她困擾，不想失去這個平衡，他只是想就這樣子，守護著她。

☆　☆　☆

一上線就蹦噠地追蹤座標去找維希和肖恩，裴蘿到場時，左右張望卻只看見他們兩個，就沒看見那個最常見的。

「維希，妳家小學弟呢？」

米雅各還沒上線，可是伊修斯明明在線上卻不在維希附近……這挺稀奇啊。

而且——似乎好一陣子不見他了。

自從騷擾維希的事件結束後，伊修斯出現在維希身旁的次數，不知為何就愈來愈少，好像忙著什麼似的……

「不知道。」略一頓，維希手邊動作停了停，一個沒留神便被怪物傷了一把，這才發現療傷的藥水又用完了。「我回城一下，妳先跟肖恩打吧。」

說罷，裴蘿便見維希消失在傳送陣裡，動作快得她連叫住她的時間都沒有。

看著她反應冷冷淡淡的，她總覺得哪裡奇怪……對了，以往都是伊修斯幫著維希回城買東西的，好像已經很久沒見維希在練等途中自己回城過。

而且……維希的反應也有點奇怪。

「肖恩，最近小伊跟維希怎麼啦？」慣性地跟著喊起了綽號，裴蘿奇怪地私語肖恩問。這氣氛怎麼奇怪奇怪的，前幾天不還挺好的嗎？

「聽說小伊最近在帶他同學。」肖恩聳聳肩，「詳細我也不知道，不然裴蘿弟弟妳去看看？」

「好主意！」說著便追蹤到了伊修斯的座標，她一溜煙便不見了蹤影。

而她循著座標在奧德賽的查克找到伊修斯時，卻竟意外看見他和另一個女生待在一起——

「裴蘿？」疑惑地看著傻愣在那不知道思考什麼的裴蘿，伊修斯一面帶旁邊人解任務，一面困惑出聲。

「小伊的朋友嗎？」於他身旁，一個等級不過十五的馴獸師少女眨了眨眼，隨後燦爛地咧開嘴笑，「妳好，我叫恩，叫我小恩就好。」

那個ＩＤ名叫恩的女生一頭俏麗的亞麻色短髮、一雙可愛的大眼睛，樣子妍麗可愛，個子高她一些，放現實裡的話，大概能算是個會讓人回頭的正妹。講話的聲音都頗有娃娃音，她偏著頭，笑著和她招呼……看著倒也還不到做作的程度。

裴蘿眨了眨眼。

這是……伊修斯有新歡了？

☆　　☆　　☆

「妳說那個恩？哦，我學妹啊。」

若無其事地繼續做手邊的事，維希滿不在乎地聳了聳肩，「聽說那學妹最近剛跑來玩遊戲，就叫他帶吧。反正那傢伙的興趣，不正好就是帶新手嗎？」

記得自己以前也是被他帶著練等的，他現在都九十幾等了，去帶新手也不稀奇吧——她頓了頓。想到這裡，不知道為什麼又有點心浮氣躁起來。

裴蘿聞言皺眉，「帶新手？可是伊修斯對她挺細心的欸，跑前跑後的，還幫她回城買藥水啊幹嘛的——」

因為實在太好奇，於是她這兩天就乾脆跟著在伊修斯旁邊當間諜。名義上是幫忙帶帶新手，實際上就是好奇那女生到底跟他什麼關係——倒是見那女生使喚伊修斯使喚得挺順手，還很會裝可愛，幾乎和維希根本是完全不同類型的。

不過她這麼一講才對起來，伊修斯現在給恩做的事情，不就是跟著維希的時候經常做的嗎？

難道真的是移情別戀？

「……哦，那很好啊。」心裡更煩躁了點，維希覺得自己不太想聽，「那傢伙交個女朋友也挺正常的吧，也是個挺可愛的學妹，便宜了那小子。」說著，她惡狠狠地拿著短杖便往怪物敲了下去，又用腳一把踹開，暴力地將那怪物的血量一下削到了最低。

裴蘿被她那氣勢有點嚇到，頭一次覺得怪物有點可憐。

這是要殺人的氣勢啊……她抖了抖，「可是，我沒說是女朋友啊，只是說伊修斯感覺挺上心……不過大多也是那女的在使喚他，說不定是單方面的……」

「隨便他，我只是他學姐，也沒想插手管他談戀愛。」冷冷淡淡地回了句，維希雖然感覺自己似乎對裴蘿太兇了點，可心裡又止不住地覺得煩……說話的語氣好像太兇了。她是怎麼了？

「噢，好吧。」看得出來對方心情正差，裴蘿也不想拿熱臉貼冷屁股，只好摸摸鼻子，「那我先下啦，維希早點休息啊。」

裴蘿走後，地圖裡便只剩下了她和肖恩。

一路練到了九十幾等，她的固定練等地圖也總算到了時間神殿。而真正的時間神殿，外觀和她之前觸發的隱藏副本樣子差不多，只是有許許多多神官做守門……任務只說神殿深處有異樣，讓她要通過神官試煉，確認她是有資格的人，才能到深處去察看異狀。

只是大概是場景熟悉的緣由，她心裡頭似乎又更悶了點。

「維希，其實裴蘿也沒惡意，只是想幫忙而已。」見她一路上半句話也沒說，肖恩想了想，以為她是在生裴蘿的氣。

「幫什麼忙？」是想幫什麼忙啊？維希有點困惑，隨後是嘆了口氣，「我知道裴蘿沒惡意，只是我最近心情不太好，不小心兇了點。」

「裴蘿就是想幫幫妳和小伊啊。」肖恩揚揚眉頭笑，「維希，心情不好，是因為小伊嗎？」試探地問了句，他開口。

其實他原本完全沒打算插手，不過想想維希和伊修斯兩個也是他朋友……就當稍微問問吧，這麼看著也確實讓人挺捉急的。

「我心情不好跟他什麼關係？」皺眉，維希不解他這話的意思，困惑地回頭看他。

「嗯……」肖恩想了想，「小伊不像以前經常陪妳了，所以妳心情不好？」

「沒那回事。」她答得斬釘截鐵，「我只是最近考試沒考好，心情不好而已。他陪不陪我，我又沒差。」表情又恢復冷淡，她下意識挺拒絕觸碰關於伊修斯和她之間的問題——她心情不好，能和他有什麼關係？

肖恩這下有點苦惱了，這真的是思維遲鈍啊……

「如果小伊真的跟那個女生在一起了，也沒差？」

「……」維希沉默。

如果那傢伙真的交了女朋友？

心緒一霎恍惚，她腦海裡　地晃過什麼想法……而後被那想法給愣地停了停動作。

「交女朋友就交女朋友啊。」心裡頭有了底，她卻做無事地回過頭，繼續動手殺敵，嗓音淡了幾分。

肖恩見她這樣，也猜不透她想法，只得搖搖頭，繼續和她練等去了。

「哎，維希，怎麼自己一個人？」

於是等肖恩不在後，便只剩下了維希一個人在時間神殿繼續待著。

原本這時間她應該下線去了，可不知怎麼的，就是想再待一會……其實一個人也好。她正好能思索些事情，只是卻沒想到，那個好幾天都沒再出現的亞瑟竟然又跑了過來。

她有點煩躁，基本上不想理會他，於是便不作聲，繼續打怪。

「其實維希妳不用那麼警戒我，我就真的只是想做個朋友。」聳聳肩，亞瑟對她那反應並不奇怪，也不搶她打怪，只逕自在附近台階上坐下，「我看那個小弟弟挺喜歡妳的啊，不是一直都跟著妳嘛，怎麼今天人不在？」

「跟你沒關係吧？」抬頭睨了他一眼，維希沒好氣地應。

看她還是一樣兇悍，亞瑟只仍聳聳肩，「我只是無聊來看看啦，不過我剛剛在奧德賽，還看到那個小弟弟跟一個正妹在一起耶？」頗感興致地撐頰再追問，他又開口。

維希開始有點不耐煩了起來，「那妳幹嘛不去纏著那個正妹？」她知道自己長得頂多也就是人模人樣，絕對算不上是正妹，而且平時連打扮都懶。更別說她在遊戲裡一直只用一套最適合活動的褲裝外觀來到處跑——完全不是會讓人想纏著的類型吧？

這麼想想，她覺得這傢伙能對自己這麼窮追不捨，實在稀奇得緊。

「這遊戲能調外觀，普妹都能成正妹，漂亮女生多的是了。」擺擺手，亞瑟滿不在乎地笑，「我是覺得維希妳與眾不同，感覺堅強又勇敢，才想和妳做個朋友的。」

這話倒是說得冠冕堂皇，他也沒多說什麼別的，只說想和她當朋友。

維希卻翻了個白眼，「做朋友也未必要LINE，要問我住哪吧？」

「那好，我不問，那至少接受我好友邀請好不好啊？」爽朗地一口應下，他說完便給她遞了個加入好友的邀請函，笑得一臉純良。

「……」她基本上並不是很想給他加好友。就算是做朋友，這傢伙也真的太纏人了，她每回都被他煩得只想殺人那是真的。

「還是，妳擔心那個小弟弟會介意？」試探地微微探頭過去，亞瑟又問。

一聽他又提起伊修斯，維希一股無名火就又冒了上來。「誰擔心他介意？干他什麼事啊？」

——腦子一抽，她一個衝動，就這麼按下了確認鍵。

於是等到隔日裴蘿等人上線，便又看見了亞瑟開始跟著維希跑來跑去。

只是這回沒了伊修斯在旁邊，維希又是一個完全懶都懶得理的情況，倒是沒人能幫忙了……

「維希，也加我進隊伍吧，我們也可以一起練等啊。」眨眨眼睛，亞瑟說著，便遞了個要求加入隊伍的申請過去。

「隊長是我，不給加。」瞪了那個在她眼裡像變態一樣的亞瑟，裴蘿順手就施了個冰魔法險險地擦過他攻擊怪物，當作威脅。這傢伙怎麼又來、煩不煩啊！

可是維希這次好像連話都不說了。而且也不知道她究竟怎麼了，最近還有點失神失神的，明明向來攻擊速度最快，卻老是不小心被怪物傷到……

米雅各在一旁也看得有點心急。

他很想直接去找對方問個明白，可是他和伊修斯說來也不算熟，甚至連個好友都沒有……看她這個樣子，他的心情也實在好不起來。

他只是，想看她快快樂樂的而已。

「那能不能加我一起呀？」

一旁忽地傳來清亮女性嗓音這不是伊修斯他姐姐嘛！眼見是熟人，她二話不說便把人加進了隊伍裡。「梅絲姐姐，妳怎麼來了？」一雙眼睛閃亮亮的，她顯得很興奮，就像看到了救星。

「我來看看小維希，順便看看小伊……欸，怎麼小伊跟小維希座標不一樣？」以為他們兩個應該都會待在一起，梅絲看伊修斯不在，這才困惑地看了看好友名單裡頭兩個人的位置，發現竟然不在同個地方，而且還差得很遠。

她皺眉。嗯——看來她太急了。上回看見弟弟身邊有個在乎的女孩子，實在太好奇了，所以這回上線，當然也就第一個想找維希……

「這位是？」看向一旁那個離維希最近的男生，她疑惑地偏頭。

「美女妳好，我是亞瑟，維希的朋友。」眨了眨眼睛，亞瑟開口招呼。

梅絲揚眉，才想問這是什麼情況，便聽見裴蘿在隊伍頻裡發語音道：「梅絲姐姐，這個變態一直纏著維希，伊修斯最近又都不出現，我們都快急死了！」

「我們」……肖恩有點無奈，「可是維希不也加了他好友？」

「手抽了，不小心按到確認。」簡短地道了句，維希聳肩，「別指望伊修斯那傢伙了，反正我又不理他，這人纏得久了也就膩了吧。」

其實近日裡來，尹沐霖雖然遊戲裡頭沒跟著她，現實裡頭還是經常傳訊息問候她，問她要不要吃什麼之類的……

都要追妹子回去當女朋友了，還這麼關心她不好吧？

於是她半句都沒回，直接選擇已讀。

她想，自己從今以後，大概和他也不會有什麼交集了吧。

梅絲看了看他們之間似乎氣氛有些微妙，又聽了她說的，想了想，便又問：「小伊最近在忙什麼啊？」

「好像在帶她同學玩吧，對方還是個正妹。」忿忿地解決眼前的怪物，眼看試煉就要結束，很快就要破到百等的最終副本了，可是居然伊修斯卻沒在……想來就有點心塞。「梅絲姐姐，妳說伊修斯該不會移情別戀了吧？」偷偷地扔了句私訊過去，她有點擔心。不是吧，追女孩子這麼沒毅力的？好不容易她看維希都動心了……

梅絲挑眉，「沒事，小裴蘿別擔心，我那弟弟就是傻了點，對誰都能好，不過差別還是有的。」笑得很自信，她對弟弟的瞭解還是很有自信的。那天看他見到她來時的反應，她就早早洞悉了一切……只是她這弟弟實在太笨，八成不知道這樣會成中央空調。

回去可得好好教育教育他……她想著，不禁揚笑了起來。

不過——

微微側頭過去，她看見一旁那個名叫米雅各的聖騎士站在那發呆，卻也沒做什麼，只是遠遠地看著維希。眉間輕蹙，他看起來似乎有些擔憂，眼神裡頭卻似乎又帶了些什麼……

她摸摸下巴。

看來她的弟媳，桃花不少呀。

看眼下這情況著實不太行，於是裴蘿決定搬救兵——於是便跑去把緋穹的會長，飄飄柔給請了過來。

她知道飄飄柔也認識維希，雖然知道自己是雞婆了點，不過沒辦法，她總覺得看著那人纏著維希，她就覺得很礙眼。

而飄飄柔向來以雞婆三八著名，自然義不容辭，馬上就到了他們的所在地。

「哎維希——也加我進組隊打怪好不好？」

「維希——我不小心被怪砍了，妳幫我放治癒術吧——」

「維希——我聽說你們那有間店不錯，下次妳帶我去好不好——」

聲音嬌嗲得幾乎讓聽的人都能掉一層雞皮疙瘩，飄飄柔到場後，幾乎形影不離地抱著維希的手跟前跟後，還有意無意地擋了亞瑟，甜膩得彷彿她們兩人是閨蜜知己一般。

其實一面陪著維希跑，她還一面把伊修斯給徹頭徹尾唸了一頓。

明明是他心上的女生，怎麼竟然把人家就這樣拋著被怪人纏啊？那傢伙不是喜歡維希的嘛，最近竟然還搞失蹤！

「謝謝妳的幫忙。」知道她是特意來幫自己的，雖然不曉得是誰告訴她，維希還是挺感謝……

都怪自己一時腦子抽了，才會搞得這樣子糾纏不清。「不過，這樣不會耽誤到妳公會的事情嗎？」

畢竟她都自己接受了好友邀請，要是再把人轟走似乎挺不道德的……結果倒是讓她現在有點進退兩難了。

「不會不會，公會有詠夜他們在呢。」笑嘻嘻地擺擺手，飄飄柔眨眨眼，一面語氣兇狠地丟了個私訊過去：「小伊，你媳婦被人把了，還不來處理！」

而維希不知道對方正在找伊修斯，只同時也有個人丟了私訊給她：「維希，妳的朋友怎麼這麼不厚道啊？」被阻隔得嚴嚴密密，亞瑟有點不滿，語氣無辜地便丟了個語音私訊。

「你和我做朋友一定得這樣跟前跟後的？」丟了一句回給他，維希略顯煩燥地捏了捏眉心。

米雅各見她神色有異，便幾分擔憂地私語問：「維彤，怎麼了？」

「這傢伙說我的朋友不厚道來著。」維希很無奈，「其實我看他也不壞，就是實在纏人了點。」嘆氣，她看著這事情鬧了這麼久，也鬧得不知道自己該怎麼狠下心來做壞人了。

這樣下去也不是辦法……見狀米雅各蹙眉，想了想，終於還是下定決心。

「維希，我待會說些話，和妳套個招，你們能幫我嗎？」在隊伍頻道裡頭發言，他看了看眾人。

畢竟飄飄柔是女孩子，她雖然可以很黏著維希，卻可能沒辦法完全斷了亞瑟的念想……怎麼他也是她的哥哥，幫點忙，應該也不算太過份吧。

梅絲看著這個一直站在一旁遠看著的人竟然說要出手，不由得也有些好奇……倒是她看到弟弟的座標往這裡來了，所有人都聚在一起的話，不曉得會有什麼火花呢——

「不好意思，能請你別再這樣纏著維希嗎？」
嘴角依舊帶著溫和的笑，米雅各緩步踱到了前頭去，直直地望著亞瑟瞧，「你這樣，讓她實在很困擾呢。」
「困擾？可是她本人沒這麼說啊。」眨眼，亞瑟聞言也不退縮，表情倒顯得很無辜。
維希沒想他會突然站出來說話，一時也拿不準主意。
她現在是該附和才對嗎？可是該怎麼附和才對……
「那……要是我說，我是維希的伴侶，你讓我很困擾呢？」
笑得溫和禮貌，他緩聲開口，只這話一出，倒是真讓維希嚇了一跳。
原來他說的套招是這個？可是——這對他和她，會不會都不太好……
「……維希。」
——伊修斯一到她的位置，便聽見了米雅各說的話。
一時有些愣了神，他看著在場的一群人……對了，他有好久沒和她說到話了。
那句話，是真的嗎？他怔忡地看著米雅各。
他只知道她是維希的青梅竹馬……可是如果是事實，卻也不無可能……
維希聽見熟悉的聲音傳來，愣地回過頭去，卻見是多日不見的伊修斯來了，還帶著他那個新手小學妹。
大概為了怕她在高等地圖裡被秒殺，伊修斯還給她弄了個護盾防身，那小學妹還似乎挺是害怕地捉著他的衣服。

「呃……對！你給人家伴侶造成了困擾，還不快走？」來回看了看氣氛尷尬的幾個人，裴蘿想了想，眼下還是先把不相干的人攆走比較重要，便跟著配合了起來。

「我……」亞瑟語塞，這下是弄不懂情況了。

原本維希不是和那個小弟弟的嘛，怎麼突然間這個聖騎士又變成他的伴侶了？

「小伊，你來這裡找你學姐呀？」恩看著前方熟悉的人，認得出是同系的學姐，只是不解地拉了拉他，「你說她有麻煩就趕了過來，可是我看……你學姐好像並不需要幫忙啊。」

「……」伊修斯沉默。

是啊，她看起來，似乎已經……不需要他的幫忙了。

「——對，你讓我的伴侶很困擾。」看著那邊兩個人拉扯著挺親暱，維希心理煩躁，牙一咬，笑瞇瞇地就拉上了米雅各的手腕，「雖然我沒說，不過既然他已經感到困擾了，只好請你以後別再來找我了。」直直望著眼前的人，她話說得斬釘截鐵，卻是意有所指。

亞瑟也弄不明白這事情怎麼會弄成這樣，但維希都已經說得那樣了——看自己都已經成了眾矢之的，他只得摸摸鼻子，一溜煙地用傳送陣走了。

而飄飄柔看著眼前的鬧劇一樣的情景，覺得自己也有點懵。

不會吧，這是她家小伊……被搶媳婦了？

☆　☆　☆

「建禹，謝謝你今天幫我。」

晚上下了遊戲後，收到周建禹的訊息關心，沈維彤想想，便乾脆地直接撥了通電話過去，「不過以後還是別這樣了，雖然只是遊戲，但還是對你不好的，我還得看大嫂呢。」

周建禹看她難得打了電話給自己，聲音聽起來卻沉甸甸的，沒什麼精神，似乎還是心事重重。

知道她為了什麼而不開心，他沉默許久，最終卻只是輕嘆了口氣。

「維彤，我喜歡妳。」

章八－距離

「維彤，我喜歡妳。」

電話那頭傳來她聽得慣了的、那個溫潤而和煦的嗓音，出口的話卻教她整個愣地一怔。

——沈維彤整個人都傻了。

這是怎麼著？他說了什麼？

她不是沒有被告白過，可是此時此刻和她說話的，是他最信任親近的人……

一時間，她竟然不知道自己該怎麼回應他——

「我從很久以前就喜歡妳，久到我自己都忘了，到底是從什麼時候開始的。」見她不說話，周建禹便逕自將話接了下去，嗓音裡帶著笑，似乎一點也不介意。「也許，是從十六年前，妳替我解圍，給我希望的時候……我就喜歡妳了吧。」

他的記憶，驀然回到了遙遠的十五年前、四歲的沈維彤，還有七歲的他。

那時候的他完全不若現在這樣，別人眼裡的溫和親切。他是棄嬰，還是嬰兒時便被拋棄在孤兒院門口，七年期間也曾經因為乾淨好看的容貌被一兩對想要孩子的父母收養，卻都因為他太過安靜怕生排外，而被送回。

他在孤兒院裡備受欺凌，被日日嘲笑是沒有人要的孩子，造就他那七年膽小怕事，也不敢告訴任何人，只由人欺負。

——直到她到來的那一天。

她的家人因為火災亡故，親戚之間爭鬥不休，最後讓她流落到了孤兒院裡。剛來時，那個四歲的小丫頭安靜而沉默，一張小臉上頭總帶著點不讓人親近的戾氣，導致她來後也沒什麼人敢靠近她。而他那時候自閉，也幾乎沒與她有過交流，只有意無意聽說過，那個寡言的小女孩，經常在半夜裡惡夢驚醒。

因為一場火災，失去了所有的家人……她一定很傷心吧？

可是他卻從來沒看她哭過，只知道她對老師交代的事情一定認真完成，我行我素的，似乎也不在意有沒有朋友。面對別人笑她無父無母，她反而惡狠狠地嗆了回去，說：「我沒有爸媽干你什麼事？你就有了？」

他那時對她的果敢潑辣感到羨慕，卻也因為她的耀眼而不敢接近。

直到那天，她意外在樓梯角落，看見被圍攻欺凌的他。

他以為她會裝作無視地走過，卻沒想她竟直直就走向了他，和欺負他的人吵了起來，最後甚至一個人就打跑了他們全部。

他看著那個手、腳和臉上都是傷的小女孩，一時間有點愣，還沒反應過來卻便被她給一把拽了起來：「喂，你一個男生被他們一群人欺負還完全不反抗，像不像個男人啊？」語氣很鄙視，他面前的那個女孩一手插著腰，惡狠狠地就指著他的鼻子訓斥。
他那時候倒是委屈了，「我……我又打不過他們！」
「沒打怎麼知道打不打得過？一次打不過，不會多打幾次嗎？」她皺著眉頭看他，好像他說的話無比荒謬，「這裡哪個人不是沒爸媽的，他們笑你，你不會笑回去啊？他們越是欺負你，你就要比他們更厲害！」
他從來沒見過像她那麼強悍的女生，卻一字一句都教他無法反駁。
從那天以後，她對他來說，就像成為了陽光，成為了他追隨的背影。
可是他不想再做那個被她保護的人。所以他努力地改變了自己，改變了他的懦弱和膽小，努力將自己改變成能讓她倚靠的人……
這麼多年，他知道，她雖然比誰都堅強好勝，可是心裡那一塊傷卻其實始終沒有好。
她還是不能接受叫養父母爸媽，是因為她從未放下。她將自己的行程永遠塞滿，是因為她只要睡得不夠熟，不夠累，就會更容易夢見家庭破碎的過往……
可是，他卻還是……沒辦法成為那個，她想倚靠的人。
「建禹……」心情有些複雜，沈維彤沒有想到竟然必須面對他的表白，更沒有想過他對自己會是這樣的心思。
如果是別人也就罷。但他是她重要的哥哥，她不能隨便地回答啊——
「不用回答我，維彤，我知道妳想說什麼的。」微笑打斷她的話，周建禹偏了偏頭，笑裡雖然仍有些苦澀，更多卻是寬懷，「我和妳說這些，並不是要妳回應我。」

「……」沈維彤沉默。

她確實不能回應他，也從未想過他會是這樣看待自己的。

她一直以來都把他視作理所當然。畢竟，他是她的青梅竹馬哥哥，是她認識最久、最信任而熟悉的人——對她而言，周建禹於她，比她的養父母還要更親……

「對不起。」沉寂許久後，她張了張唇，終究還是開了口。

周建禹卻是笑了起來，「維彤，我對妳所做的，都是我自己想做的，妳不必為此感到愧疚。」

對她的反應並不感到意外，他卻覺得自己此時格外的輕鬆，好像他再不是那個愛她至深的青梅竹馬，而真的只是她的哥哥，「我今天向妳坦白，只是希望，妳也能對自己坦白，維彤。」

頓了頓，他定定出聲，卻教她聽得一怔。

「坦白？什麼意思？」皺眉，沈維彤不解。

「坦白自己的心。」他聞言又笑，「維彤，我知道妳不笨。妳喜歡那個學弟，對嗎？」

她那麼多種種反常的行為和情緒，都只是因為提到他——再明顯不過了。他是真的挺羨慕那個學弟，哪怕他的年紀比她還小，可是她喜歡他。

而她在他的面前……永遠只會逞強。

「……」沈維彤聞言一頓。「我是喜歡他，但那是我的事情，和任何人都無關。」嗓音淡淡，她斂下眸子，回覆得很冷靜。

周建禹卻有些困惑，「維彤，妳不爭取嗎？」他印象中的她應該是好勝的，如果已經確認，怎麼可能不願意去爭？

「小情小愛的太麻煩了，還總是叨擾人情緒。」嘆了口氣，她卻只覺得心煩。這幾天她總是毛毛躁躁的，一件事情也做不好，連書都讀不太下……「再說吧。總之喜不喜歡是我的事，我喜歡他——那也未必要告訴他，未必就要去搶。」

揉了揉眉心，她吐了吐氣，背脊往椅背靠去，卻只覺得心緒沉重。

是啊，太麻煩了。

她連自己究竟想怎麼做，都還沒想清楚呢。

「無論妳怎麼做，我都會支持妳。」電話那頭傳來他輕笑聲，「但我認識的維彤，可不會一直這麼消沉下去。」

「我知道。」她無奈聳聳肩。確實讓他們擔心了，自己不該這麼浮躁……為了個人心神不寧的，一點也不像她。

「謝謝你，建禹。」

唇角帶著笑，她開口。

她感謝他的陪伴，也感謝他的表白。

這世上，大概也就只有他的心意，能讓她感覺這麼溫暖了吧。

「謝什麼？妳可是我妹妹。」揚唇失笑，周建禹莞爾，卻覺得自己面對她，第一次這樣輕鬆。

就到這裡，那是最好的了。

☆　☆　☆

「哈哈哈哈哈——你們想見路西華大人？那還得看你們過不過得了我這裡！」

時間神殿最深處，在刻著太陽、時鐘和月亮的門後，經由重重試煉，持著守門人給的證物，維希等人將大門召開，便見一名黑色羽翼的墮天使在門後，張揚著翅膀，於重重陣法結界之後等著他們。

容顏絕美，她一頭金色短捲髮，膚色蒼白，眼瞳豔紅妖冶，還有一雙代表精靈與神族融合的尖耳朵——墮天使的名字叫做芙蘭，因愛與天使族的胞生姐姐反目成仇，墮天倚投路西華，並在千年前大戰時設下重重陷阱，只為剷除姐姐……沒想到最後，卻是害死了愛人。

芙蘭卻並未因此醒悟，反倒將恨意全投注到了姐姐身上，從此跟隨路西華墮入魔族，成為了他最忠實的下屬。

芙蘭在故事劇情裡最擅長的就是引誘出人們心中最恐懼害怕的事物，或是誘導人墮進黑暗，也擅長讓人作夢或是潛入人的潛意識裡頭，加以催眠，混淆現實，最終被迷惑操控。塔納托斯當年被擄走後，便是受到芙蘭的操控——是個攻擊力雖然低，但絕不可小覷的人物。

「維希，小心，這個BOSS最擅長的就是幻術，會不定期讓玩家陷入她製造的幻境之中，要突破才能出來。」前不久剛剛到達封頂的肖恩已經跟著公會和裴蘿來解過一次任務，也算是先探了一次路，於是連忙在開始攻擊前出聲提示。

「幻境？」維希皺眉。這遊戲系統還能窺看玩家的心理世界？那也未免太逆天了吧……這種東西真能合法嗎？

「放心，雖然能力是讓人看見最害怕的事情，不過系統當然沒辦法真的探知玩家的內心，所以是依照自己職業所接到的劇情任務來設定罷了。」聳聳肩，梅絲雖然才為了任務剛跟他們一起達到封頂，倒已經先上網去大致查過攻略了。

倒是聽說他們先前都是一起破任務的，想不到她那蠢弟弟居然連這都沒來……正好她也一百等了，就跟著一起過來了。

原來是依照職業？維希想了想。

那她會看見的幻覺，大概就是關於女祭司的了……

「維希，小心、來了！」

還在思索著該如何應對，芙蘭便驀地揚開翅膀。他們前方現出一道法陣籠罩，幾個人便瞬即被傳送離開——

而她伸手擋住前方刺目的強光，再睜開眼睛，便見眼前出現了撲面而來的魔族士兵！

想不通是什麼情況，那些魔族士兵的動作太快，這幻境裡頭又只有她一個人能擋——她忙召出光壁護住自己，又想想這幻境只是副本的一部份，應當也不會太過冗長，便拿著法杖，從天喚出法陣來，降下數道光束，將眼前的雜兵一舉殲滅——

然而出現在她眼前的，卻竟是渾身散發黑暗的精靈王。

「維希……」開口叫喚她的ＩＤ，精靈王輕聲吐息，唇角微勾，手裡一對雙弩槍卻直直對著她。一雙代表精靈族的耳朵，他仍是精靈王，可原來清澈乾淨的湛藍眼眸卻染成了赤紅，倒顯得幾分邪魅了起來。

維希有點愣。

原來女祭司最害怕的，是和精靈王反目成仇……然後親手殺死他嗎？

精靈王的人設和伊修斯很像，一頭金色短捲髮，雖然樣子不同，倒也是一張深邃標緻的容貌……因為一樣是遊俠系職業，精靈王的速度很快，幾乎教她只能防守，很難進攻。

她皺眉。不行，至少得抽出個空檔，否則根本沒有辦法攻擊……

以前她跟伊修斯個人ＰＫ的時候——她都是怎麼牽制的來著？

手一緊，她像是想起什麼，於是拿出聖書，於他面前現出了一道光牆，放了個幻術投影出自己的樣子，讓他以為自己還在她面前——

與此同時，她趁著他恍神，也快速閃到了他身後，提起法杖，直直朝著他背後，對著心口處給予致命一擊！

強大光束對著他心口直直穿了過去，精靈王不敢置信地轉過頭看她，消散之前，面上的神情有些複雜，卻說不清是哀傷，還是恨……

他的眼睛也終於在最後恢復成了湛藍顏色。可看著那雙凝望著她的眼，她卻恍惚像是看到伊修斯，一時間有些愣了神。

該死的傢伙。明明說好一起封頂，卻還是沒有一起達到一百等來破最後副本……

「維希！」

隊伍頻道裡傳來肖恩著急的叫喊，維希回過神，才發現自己已經回到了大殿裡頭，而芙蘭見她落單恍神，便朝她這放來了暗箭——她忙側身跳開閃避，同時發現大家在突破芙蘭的保護陣的途中受了不少傷，於是忙施陣下了隊伍治癒術，將大家的體力迅速回復。

「維希，妳剛剛怎麼了？」皺眉，肖恩見她居然在副本打BOSS的時候放空，不由得微微有些擔心，也不知道是不是剛剛突破幻境時受了什麼傷。

「沒事，網路卡了一下，不知道已經回來了而已。」選擇睜眼說瞎話，維希淡定地出聲回應解釋，並給眾人放了光壁抵擋，放了光束直直往她的防護陣射去。

「米雅各一樣負責破防，我放光壁給你擋攻擊；伊……梅絲，後面的機關跟小怪就靠妳擋了，肖恩一樣負責攻擊，等她破防放大絕，裴蘿，她等等破陣了應該會移動，妳準備用冰凍術擋住她！」

駕輕就熟地回到崗位擔任指揮，在叫喚名字時，她卻不免還是差點兒叫錯。其他人也發現了，但仍做不知，只依照她指示行動。

維希一般總是站在米雅各身旁的位置攻擊和幫忙，除了以攻擊力為主的肖恩外，算是他們隊伍裡頭的主要攻擊手之一……至於伊修斯，那是負責防衛在維希身後的，她的最佳後盾。

梅絲看著眾人反應暗忖。武器拿的是雙刀，她雖然也是倚靠敏捷度的職業，但畢竟還是近戰，她速度也不如伊修斯快，加上是第一次和他們打副本，不免有些吃力。

「裴蘿，妳去幫梅絲掃怪吧。」一面於前鋒變換位置，米雅各放了個增加防禦的陣式，回頭看她一個殺手擋得吃力，想裴蘿也是遠攻職業，幫忙起來應該會順手點。

「噢，好！」

忙領命到了後頭去，然而裴蘿才準備動身，便見芙蘭的陣勢被破，迅速便轉移了攻擊目標——去攻擊後頭的梅絲。

「糟糕，這傢伙對長相漂亮的女性玩家攻擊力會特強。」發現芙蘭似乎總一直想攻擊梅絲，維希皺眉。照理來說她應該得退到後頭去做輔助，可是她現在這裡走不開……

「我去後面幫她坦。裴蘿，妳照原定計畫拖住她，肖恩替代我的位置。」很快便反應過來，米雅各與肖恩交換過眼神，便交錯換了位置到後方去幫忙。

……

激戰過後，芙蘭重傷逃亡，而同時間，被隱藏在神殿後方、通往反面世界——塔爾塔羅斯的傳送門也終於開啟。

塔爾塔羅斯是路西華解開封印後佔領的駐地，只據說充斥黑暗，也是魔族的主要占地……更是路西華特意開創的領地。

雖然暫且還沒開放，不過等到明天進行關機改版過後——三月，就會將塔爾塔羅斯的整塊地圖都開出來了。

明天就要改版……之後的完結劇情，大概就是最終BOSS路西華。

維希領著副本獎勵，看了看恢復空蕩的神殿大廳，突然卻有點恍惚。

怎麼那個說好和她一起在改版前封頂的人，卻不在呢。

☆　☆　☆

「本月全伺服器排名積分ＰＫ榜挑戰賽報名正式開始——請各位想挑戰的玩家盡速前來報名！」

經過一整天關閉遊戲的重大改版，開服不久，除了公佈上個月ＰＫ賽出來的排行以外，系統也開始公告了攻榜的報名時間啟動。

《晨櫻》的ＰＫ賽模式挺特別，整個賽制為期一個月，而在每週六進行比賽。為避免報名人數過多，第一戰先以隊伍對抗賽為主，每隊限制五人，限制一百個隊伍報名，並將之分為十組，一組十支隊伍同時競技，只有兩組隊伍能夠晉級。

隊伍對抗賽以考驗默契為主，有十張地圖隨機分配給十組隊伍，競賽時間以一百二十分鐘為限，只要有人陣亡便出場，以結束後各隊存亡人數最多者為勝。

不過也為了怕原本美意的競賽會變成血腥的殘殺，因此進到競技地圖後，身上受的傷會轉化為疲憊值，只要疲憊值承受到再也無法站起，玩家便判定為陣亡，並被自動傳送出競技地圖等待。

原本維希等人在之前約好了是固定五人組要一起在到達百等後報名參賽攻塔，並在同時一起努力拚上改版後的一百二十等級解狂暴化任務……不過現在這樣，他們也不知道究竟該怎麼辦了。

伊修斯還沒上線，也不曉得上線後究竟會不會來……這種五缺一的感覺好尷尬啊——

「呃……維希，我看，不然我們再等一等，下個月再來打ＰＫ賽，先去塔爾塔羅斯練等，看能不能解到狂暴化？這樣去打ＰＫ賽也快一點……」聽見廣播傳來的公告，裴蘿眨眨眼，有點尷尬地乾笑著轉頭看向維希。

狂暴化——那也是此次改版後的重大改革。

這次大改版，除了開放塔爾塔羅斯地以及最終BOSS路西華外，也開放了強大神話魔物「克羅諾斯」的族群討伐攻略戰，至於技能方面的改革，便是狂暴化了。

狂暴化任務須得在破完路西華副本後才能接，每個玩家會習得一個依照自己的技能走向所融合的技能，並且體能和各項能力，都會在短時間內強化到最頂峰。只是缺點是，狂暴化過後，玩家也會因為過度的耗費而虛脫……簡而言之，那就是短期間的爆發力，能怎麼運用，就是看個人熟練度了。

而維希身為聖諭使，雖然說大多的防禦輔助技能都被她給練成了攻擊技能來玩，但是相較起純攻擊系法師的咒術師，甚或是肖恩玩的攻擊系近戰的雙劍使……她說來還是吃虧了許多。

當初知道有狂暴化後，她便和同樣較以輔助為主的伊修斯約好，要在報名隊伍賽後拚命去破到這種東西，一起打進個人榜決賽裡……不過看來，這下應該剩她一個人要來趕著練等級了。

「沒事，練什麼等？我們邀別人一起報名就好了。」淡然聳聳肩，維希滿不在乎地擺擺手，隨後便看見系統提示裡顯示梅絲上了線。

「梅絲，要不要一起報名參加ＰＫ賽？」正好看見她朝他們走來，她便笑對她邀請。

他們隊伍裡頭有兩個法師和兩個劍士，再多個梅絲的刺客職業就挺剛好了。

「欸，找我嗎？」聞言，梅絲眨眨眼睛。嗯——她平時都是自己玩，雖然一直覺得那個賽制挺有趣，不過又覺得麻煩，也懶得找別人組對……雖然也不是不行，不過自己就這麼搶了弟弟的位置，好像不太好？

還在思考自己究竟該不該答應，她便見弟弟急急忙忙上了線，大概一路趕著跑來，並滿臉歉然地望著他們四人：「抱歉，老師放人放得晚，來晚了。」

所有人面面相覷。

這下好了，該怎麼辦？

「啊——我想起來我還有個設計案還沒畫，月底就要交了，再不去趕就死定啦。」雙手一拍，梅絲突然想起什麼似地慌張叫了一聲，「我還有事情啊，先下線了，小伊你陪陪朋友吧，嗯？」悄悄對著弟弟使眼色，她眨了眨左眼，隨後便快速消失了。

肖恩也有點尷尬，「哎，剛好剛好，那小伊走吧，我們來去報名，不然等會一百個隊伍的名額被搶光就不好啦。」說著便拉走了伊修斯往烏拉諾斯報名處走，他回頭看了眼裴蘿和米雅各，示意他們跟著走。

伊修斯卻不住地頻頻回頭看。

維希的表情冷冷清清的，也沒說話，只是靜靜地跟著走，卻看也沒看他一眼。他很想跟她說說話，又看一旁米雅各望著她的關心神情，突然又覺得有點難過。

他也讓他們……覺得困擾了嗎。

每個月的報名隊伍基本上挺固定，尤其一定有雨季和緋穹兩大公會的公會長所領頭的隊伍，而尤其緋穹的會長和雨季的副會長又是榜上排名前五的高手。

他們這隊則由維希領頭做隊長。帶著眾人報名過後，週六，十組隊伍的分配也隨之而出，並讓他們過去集合。

「是小伊和小維希！」

一眼就在隊伍集合的地方認出他們，飄飄柔一見到熟人便蹦噠地跑了過去打招呼，「這麼巧，竟然同組！那我們就不用擔心結盟的問題啦！」逕自伸手過去，她一手拉住維希、一手拉住伊修斯，完全沒注意到兩個人的神色尷尬得不行，連眼神都完全對不上。

「敢情妳是多有把握包下前兩名……？」雖然已經跟著飄飄柔打過許多次的隊伍賽，一旁的女神射手聽見她這話，只能無語地抽了抽嘴角。雖然她知道大家都很強，但這裡也有很多實力強韌的隊伍，也未免自信太過了……

櫻粉色長捲髮、暗紫眼瞳，女神射手便是上回公會戰結束後，跟著飄飄柔到倪克斯找伊修斯的神射手，ＩＤ正是前陣子風風雨雨許久的未央。而在她旁邊，身形修長、黑色短髮的闇騎士名叫ＡＯ，是上回在倪克斯先走的人之一，也是全伺服器最強的坦克。

在飄飄柔身旁，上回的聖諭使五月聿和聖騎士詠夜也都在——他們這五人大概能說是他們這一組裡面，實力最閃亮的一對……五個都是榜上前五十名的高手，又都是緋穹裡最有名的。

「嘿嘿，小央這就太小看自己啦。」眨眨眼，飄飄柔笑笑，隨後又望向維希等人，「維希，這是妳上次見過的，未央、ＡＯ、詠夜，還有五月聿。」說著，她便向她一一介紹了自己隊伍的隊員，言語間還有些驕傲。

雖然之前都已經見過，不過維希已經大多忘了這些人的長相……她點點頭，算是和其他四個人打過照面，「肖恩、裴蘿、米雅各，我的隊友。伊修斯是你們公會的，你們應該都認識了。」也跟著介紹了自己的朋友，她說到伊修斯時只微微朝他瞥了眼，神色淺淡。

飄飄柔來回看了看他們兩人，這才總算發現他們的表情都有點奇怪。

「小伊，你們還沒和好呀？」丟了個密語過去，她瞥了他一眼。

「……」伊修斯沉默，卻不知道該怎麼回覆自己的會長。

和好……他們連吵架，都算不上吧。

他也不知道她是怎麼的，就不願意和自己說話了。

「好啦好啦，那小柔，我們兩支隊伍，在接下來的一百二十分鐘裡就多多指教吧！」覺得能遇上個台服最強隊伍之一挺幸運，裴蘿也沒注意他們神色奇怪，只知道他們五個競技賽的菜鳥有人罩啦！

然而被傳送到競賽地圖後，他們十支隊伍被散落在地圖不同角落，再睜開眼，卻同時只看見了伸手不見五指的黑——

「這是什麼地方？」皺眉，維希看了看四周，卻發現她連自己的夥伴在哪都不知道。

「不知道啊……什麼都看不見。」跟著出聲，裴蘿皺著眉頭，想了想，便伸直雙手在四周走了走，想到觸碰碰摸摸，看能不能找到什麼線索，結果往前一抓就抓到了個硬梆梆的、還有布料隔著的東西……

「喂喂裴蘿弟弟，妳不要亂摸我好嗎？哥哥我知道我有結實的胸肌，妳也不能趁黑麻麻的時候吃我豆腐啊！」突然被人抓了一把，肖恩嚇了一跳。知道在他眼前的是裴蘿，他連忙後退了一大步，動作表情誇張地瞪著眼前的黑暗。

而才想確認眼前的東西到底是什麼，她聽見肖恩極度不滿的嚷嚷聲，趕忙也跟著收回了手，

「誰要吃你豆腐，我對你的飛機場才沒興趣！」

「乾，什麼飛機場，我這是胸肌！」

「女神就該有波霸好嗎，你這個飛機場女神！」

從他們的吵鬧聲中確認了裴蘿和肖恩都在身旁，維希看了看四周，確定真的看不見，便在隊友頻裡頭喚：「米雅各、伊修斯，你們都在？」

「我在妳後面，維希。」微微笑了笑，米雅各回應。

「我在妳旁邊。」一路沉默許久，伊修斯第一次開口。

他這麼一出聲，維希才發現他的聲音就在自己旁邊，靠得很近……還有自己似乎已經有段時間，沒有聽見他的聲音了。

她略頓了頓，搖搖頭，決定回神過來想對策。

雖然不知道這是哪裡，倒是看來同個隊伍的人都在。

「這裡應該是『謎』，也是所有地圖裡，唯一從來沒人來過的地方。」在來挑戰賽之前就已經先查過資料，加上又是公司職員，米雅各已經大多看過了各地圖的資訊，也把資料給過了維希……

可獨獨就是沒看到這個伸手不見五指的地圖。

他曾經聽說是有這麼張地圖，名字叫做「謎」，而這地圖也正如其所名——是個謎，從來沒人被分配到過。

看來他們這是中大獎了。

維希站在原地，才在思索，眼前便突然現出一陣光亮，將一張地圖放到了她手上。

妹的，什麼都看不見，是讓她怎麼看地圖啊？

不行，她至少總得看一看這裡長得什麼樣。

「你們在原地等我一下。」隊伍頻道裡通知了下，她說完便利用陣法層層移動到地圖上方，並利用短杖朝天空拋了個光球，而後望上炸開，成了一道照耀他們的光——

四周圍是黑色的牆壁，層層圍繞成像迷宮一樣的地方。這張地圖挺大，而她順著稍微對了對手上的地圖，確認他們的位置正在地圖東邊……但她並沒有在周圍看到其他玩家，不知道大家都在哪裡。

然而她放出的光魔法，才約不過一分鐘，便瞬即消散無蹤。

她有點傻了眼，還想確認是不是自己的魔法出了問題，便聽見地圖上傳來了系統得廣播：

「歡迎各位玩家來到本次隊伍對抗賽。」約莫是在確認所有人都被傳送到了地圖上，系統總算才開始了廣播提示，「本次競技賽限制時間為兩小時，本張地圖為『謎』，各位玩家可利用光亮道具維持一分鐘光芒，兩小時內，疲憊值達頂者則出局，本局共兩組隊伍得以晉級——那麼，祝福各位玩家遊戲愉快！」

☆　☆　☆

「啊——什麼爛地圖啊，連定位系統都給失靈了……」

開了好友系統看了好幾次，卻怎麼都找不著飄飄柔的座標……裴蘿有點喪氣。怎麼運氣這麼差呀，一挑就挑到了個最冷僻的地圖，還是公測以來第一次有人被分配到……

「就算有座標也根本找不到人啊，這裡又看不到。」朝她的方向覷了一眼，肖恩搖搖頭。

這地方根本什麼都看不見，別說想找人結盟了，說不定一不小心還會砍到隊友……只能倚仗維希的光魔法來維持那可憐的一分鐘光亮當手電筒。

「說的也是……」裴蘿立時喪氣地垂下了肩膀。對啊，這裡什麼都看不見，就算有座標，那也找不到人啊。

為了怕後頭有人偷襲，維希領頭走在前，伊修斯則在最後面殿後。兩個人原本交集就少，這下更是連句話都說不上。

而眼看走到了路的盡頭，維希看了看，想自己又該到上頭去探路，米雅各卻先開了口：「我是聖騎士，也有簡單的技能可以照耀，這次讓我來吧。伊修斯，你來前面，殿後讓裴蘿。」

「……好。」得到指示，雖然心裡有些驚訝，伊修斯仍領了命到前頭，讓米雅各到上面去探前頭的路。

奇怪，他們不是……一起的嗎？

維希聞言則望他的方向看了一眼，知道他大概想幫自己。

也好，她也想弄清楚他的一些事情。

還沒想清楚，她才見得上頭傳來米雅各放的光，便感覺後頭傳來殺氣——「小心！」

還沒把崗位換過來，伊修斯便感覺後頭有人偷襲過來，連忙回身提起弩槍，便往眼前的敵人迅速攻擊過去——

維希立刻意識到他們被其他隊伍盯上了。「有敵人，大家小心！」連忙喝了一聲，她立刻進入緊戒狀態，拿起短杖便準備施下光魔法，想著該先清楚敵人動向……

「維希！」

身後驀地傳來箭矢射入擦過的聲響，維希連忙回頭，才想朝著後頭放出光箭先抵擋攻擊，定睛一看，卻發現是未央救了她。

她這一看，三個隊伍的人都聚集在這了——場面登時一陣混亂。

「維希，你們還好嗎？」正好在探路過程中和他們碰了頭，又見他們被偷襲，就連忙上前幫了一把——飄飄柔很快熟悉過來場面，便在隊伍頻裡指揮了起來，趕緊讓隊友過去支援。

米雅各畢竟不是法師，能照明的範圍不大，而知道下方開始纏鬥起來，便也連忙回到下方，「維希，這裡太暗了！」

「知道。」眉頭輕蹙，她說罷便放了個光魔法照耀身周地區……雖然只有一分鐘，但應該也夠時間看清楚周圍了，「伊修斯，身後你防。裴蘿、右上方，肖恩、左邊！」

迅速投入戰鬥之中，雖然這回面對的是五個陌生人，不過應付起來倒也還算可以……從稍縱即逝的光亮中，她不知道身周隊友被傷了多少，於是便先施陣放了個群體治癒術，而後趁著米雅各在前頭替她坦時，閃身朝敵人扔了個光球——

場面還有些混亂，她趁著空，便騰著陣打算先到空中查看情況。見緋穹的人和她的人都拖著那一隊的人，倒也還算遊刃有餘……只是麻煩的是這裡人太多，實在不好鎖定目標。

這裡不能放大招，她很快意識到這點。

除了隊友以外的人都會中傷，亂放招的話會傷到自己人……維希暗忖。但他們是十對五，要消耗掉這一隊人馬的體力應該不難，只是拖久了不知道還會不會有結盟的，恐怕還是得速戰速決的好……

「——維希！」

後頭傳來伊修斯急匆匆的叫喊聲，她趕忙回頭，只見是一名殺手提著雙刀便朝她殺了過來。伊修斯忙躍起，擋至她身前替她拖住，提槍便朝那個殺手射了兩箭，卻因為閃避他的刀而一時不穩，撲著維希便跌了下去——

「砰！」的一聲，他撲著她跌到了迷宮另一頭，撞得她頭痛得不行。又加上他整個人的重量，竟然就這麼直接地全壓到了她身上！

怒地往他身上推了一把，維希只覺得自己整個人都快被給壓垮了。「尹沐霖你個掃把星的，給我起來！」一手撐扶著自己撞得腫疼的後腦袋，她當下只覺得整個人都快散架了，也忘了剛才還是他救的自己。

「對不起……」連忙從她身上爬了起來，伊修斯愧疚地道歉，又顯得更不知所措。

雖然看不見表情，但能猜測他大概又是那個無辜可憐的臉……維希嘆口氣，「算了，沒事沒事，你也不是故意的，還是為了幫我。」無奈地撓了撓頭，她在跌下來的過程中稍微損了點血，不知道會不會被算進疲憊值裡……

「維希，妳在哪！」大概是解決了那邊偷襲的麻煩，隊伍頻道裡頭很快便傳來了裴蘿著急的呼喚聲。而她看了看周圍，只得趕忙回應道：「我跌到旁邊的路了，妳們等我一下，我馬上就回去……」

「等等。」他卻將她正欲去拿地圖的手拉住，欲言又止地張了張唇，「維希……」

見他這般，維希愣了愣，只得嘆口氣，放了個小型的光魔法在手中當小燈泡。「抱歉，等我一下。」在隊友頻裡發話緩了緩後，她回頭看他，「怎麼了？」

伊修斯的表情小心翼翼的，「……維彤，我是不是讓妳和……米雅各困擾了。」微微斂下眼睛，他開口，卻莫名就有些怕。

他……害怕她的答案。

維希聞言卻有些無奈。「困不困擾不重要吧。倒是你，不是該去陪陪你那個小恩妹妹嗎？跑來跟我們打隊伍賽，把女朋友放著好嗎？」試探地微微抬起眼睛看他，她心底暗忖。

畢竟爭不爭取，還得看他到底死會沒有吧？

小三這種東西，她可不做。

「不是女朋友。」沒想到她會誤會，伊修斯連忙搖搖頭，「林恩是我同學，不是女朋友。」表情很嚴肅，他擺擺手，慌慌忙忙地就想澄清。

不是女朋友？維希挑眉。但說是同學，那女孩子一眼看上去就喜歡他吧——

「維希，你們在幹嘛？」

躍上牆頭時只見黯淡下去的微光裡隱約映照出兩個人的臉龐，裴蘿奇怪地看了看，「快走吧，剛才那五個有三個被送出場了，還有兩個跑掉……接下來還有很長的時間呢。」

回頭看了眼伊修斯，維希聞言撐起身子，略舒了舒筋骨，「走吧，隊伍賽打完再說。」

章九－失去

「哎哎米雅各，你不會真搶了我們小伊的媳婦吧？」

趁著兩隊結盟相會，飄飄柔便藉機跑到了米雅各旁邊，細著聲音開口，劈便問。

被對方這過分直接的問題差點嗆了口水，米雅各一把氣嗆得咳了聲，「妳誤會了，我只是和她一起長大的青梅竹馬。那天那麼說，是套好了招，要幫她擺脫的。」這話說得有點無力，他突然卻有點想笑。

自己這麼一說還真像是鬧了件大事。要是他夠狡猾，說不定還就真故意讓大家覺得他和維彤是情侶了。

「哦……」聞言，飄飄柔摸摸下巴，這才總算安心。

那就好，維希可是他們緋穹的欽定媳婦，要嫁進來的！

想了想，她探頭看了看對方若有所思的神情，隨後是語重心長地搭上了肩膀：「不過話先說在前頭！因為你不是我們緋穹的小孩，所以我不看好你啦！」

米雅各無奈。

他早就已經放棄了，哪有什麼看好不看好的。

時間過了約莫快半小時，只是不曉得地圖裡還剩下幾個隊伍。畢竟這地圖只看得見路，卻不知道還有多少人……只知道飄飄柔等人在找到他們前，似乎還連帶解決了一支隊伍。

商量過後，他們十個人經過討論，覺得到空中找路這件事情等於暴露自己行蹤，風險太大，尤其能做這件事的又只有身為聖諭使，防禦最薄弱的維希和五月艸，於是決定暫且先放棄這個方法，改以照亮周圍和前方道路的方式前進。

這種不知道敵人什麼時候會從什麼地方攻過來的感覺還真是刺激……維希咋舌。

在前頭負責探路的是遊俠系職業的未央和伊修斯，但因為是以緋穹的隊伍為頭，因此探路的工作便也是未央為主。

「前面好像有人。」手裡捧著五月艸分給他們幾人的小光球，未央感知到前方有動靜，便退了回來通知。

「好。」知道將要和人碰頭，飄飄柔揚起唇角，露出了一抹極為燦爛的笑，「大家準備好自己的位置——準備來大幹一場啦！」

說罷，他們便迅速站定了守備位置。飄飄柔一定睛，便在隊伍頻裡指揮了起來。

跟著這隊冠軍隊，對他們而言也算是種震撼教育的觀摩吧——看著眼前五人配合度絕佳的合作模式，維希讚嘆地想。

他們的隊伍裡頭，負責指揮的是咒術師飄飄柔，闇騎士AO負責破防，五月艸的輔助也是天衣無縫……一面看著他們的互動模式，眼見前面那五人幾乎被飄飄柔的隊伍輾壓，維希回過頭，便聽見伊修斯道：「後面也有人！」

有得玩了！她咧嘴一笑，「那就輪我們上場啦！」要是整場都看著他們打，她這手可會空得太無聊。

立刻回到了隊伍中央的位置，她才準備先放個防壁魔法，便聽見對頭隱隱傳來樂聲，立刻更警戒起來，「他們有吟遊詩人，先靠攏，我放個抵禦。」吟遊詩人主要依靠樂器或人聲來攻擊，看起來無害又薄弱，但要是有個熟練操作的能放在隊伍裡，施了個誘惑的聲術那才是真的可怕……

她凝目，很快反應過來，在地面上迅速施畫了個抵禦的陣法。

「不要離開陣法範圍，裴蘿、伊修斯，先攻擊他們的吟遊——他們的坦交給我和肖恩！」

見到他們前頭的隊伍除了吟遊詩人外，也有來勢洶洶的闇騎士，以免自己的陣法太快被破，她一手拿著聖書，直接放了方狀的防壁魔法從最前頭闇騎士的上方砸下去，把人先暫時砸暈。

另一邊，因為不能離開陣法範圍，便由遠攻的伊修斯和裴蘿負責攻擊他們隊伍中央的吟遊——裴蘿先放了冰凍術打算拖住對方腳步，那個吟遊詩人卻更快對自己放了攻擊聲術過來，快得她一時有些閃避不及，連忙先給自己施了個水壁出來。

「米雅各，加防！」注意到裴蘿扛不太住，維希忙又道。

「維希，他們的坦不行了。」看闇騎士已經被攻得差不多，肖恩想了想，「近戰給我，維希，妳先一起破他們的吟遊。」

「好。」換了駐防位置，她應聲，「米雅各，防他們的神偷，裴蘿過去，這裡我來。」也沒想對方的吟遊詩人速度會這麼快，她暗忖。他們的隊伍裡，應該就是那位吟遊是隊長了——

「伊修斯。」回頭看了他一眼，她也沒多說什麼，只喚了他名字便轉頭，攤開聖書，召了聖光先暫時迷暈吟遊詩人，再放了塊光壁砸過去。

伊修斯略一頷首，明白過來她意思，提槍便趁著對方吟遊無法行動時，補上了好幾槍。巨大弩箭貫過吟遊詩人的身體，一時間，對方隊伍的闇騎士和吟遊詩人都被傳送出了地圖。

然而才鬆口氣，一把刀便直直朝她橫了過來——維希一愣，連忙快速後退閃身，她召出的光壁被刀給揮破，而她趁著空抬腳便往眼前狂戰士的盾牌，直直地用力踹了過去。

那狂戰士大概沒想她會直接身體力行，一時愣了神，提起盾牌便打算給隊友放防禦。裴蘿一看，便忙以長杖放了個技能冷凍，凍住了他們的狂戰士。

「維希，他們狂戰的防禦被我凍住了。」回頭看了她一眼，她忙道。

「肖恩，上！」見離裴蘿最近的便是肖恩，維希眼一瞥。

雖然總是愛炫技，不過肖恩向來是他們隊伍的攻擊擔當——還記得她當初好奇問他為什麼選拿雙劍的雙劍使，他還一臉正氣凜然地道：「當然要玩衝鋒陷陣的戰士！我才不玩慢吞吞的坦克，這樣才像英雄！男子漢！小維希妳懂嗎！」

嗯，她也不想懂。

一時間，對方隊伍裡便只剩下了神偷和火元素使兩個遠攻。

火元素使和神偷，算來應該是剩下火元素使是攻擊擔當……維希想了想，正打算從火元素使突破，便見那邊的法師提杖放了個爆炸術過來——

「砰！」地一聲，維希一時差點閃避不及，連忙放了光壁出來防住。

等煙霧消散時，眼前那兩個人都已經不見了。

維希有點惋惜，「可惜啊，本來想全滅他們的。」

「留個活口唄，還得留些體力呢。」體力最差的裴蘿跟得有些喘，乎口氣，總算覺得自己不是拖油瓶……「伊修斯，你剛剛好像被他們神偷射了一鏢啊，還好嗎？」回想起方才敵人剛來時，似乎看見伊修斯被他們神偷給偷砸了一刀，她忙回頭關心。

「沒事。」搖搖頭，伊修斯依然定定地，「只是砸在肩膀上，不太重要。」表示不在乎地拍了拍肩頭，只是那個射到他肩頭上的飛鏢已經消失，看不出有什麼異樣。

被射了一鏢？維希頓了頓。

自己竟然沒看到……疏忽了。

召開聖書，她也沒說話，只直接往對方身上放了個全數回血的治癒術。

「維希，剛才有被傷到嗎？抱歉，我來不及看到……」想起她剛才似乎還差點被劍砍，米雅各忙奔到她身邊，問。

維希聳肩哼了哼聲，「沒事，我還踹了他一腳呢。」

伊修斯看了看他們兩人，又看了看自己。

肩膀上剛才因為飛鏢而受的傷已經不痛了，是他沒閃好，才讓飛鏢給砸上……

維希就在他旁邊，他怕她被傷，那就不好了。
只是他不知道，自己還能這麼守著她多久呢。

☆　☆　☆

「本次隊伍競技賽結束——恭喜各組晉級的隊伍！」

一百二十分鐘過去，經過紛紛嚷嚷的競爭，十組隊伍的競賽結果總算出爐。每組被淘汰的隊員和存活到最後的隊員各分一邊。

維希的隊伍五個人都完好無損，全數存活了下來，只是出來時，裴蘿還半蹲著喘著氣，似乎有點支撐不住。

「太……太好了，總算撐到最後……」想自己的疲憊值大概再差一些就能被送出場，裴蘿抹抹汗，一屁股直接坐到了地上。沒辦法啊，她的隊友每個速度都快得可怕，她只能跟著因為揮巨劍而動作稍緩的米雅各在後面跑，才能避免自己脫隊……

真討厭，維希明明和她一樣是法師，還是個補師，怎麼速度都快得幾乎都跟伊修斯要差不多了，連攻擊力都比她這個攻擊系的還要強——太過分了吧！

「有沒有這麼誇張，妳明明也沒受到什麼傷。」無奈地覷著她，維希嘆了口氣，搖搖頭，便給她放了個治癒術回復體力。

「對啊，我被打最多下都沒說什麼了，裴蘿弟弟妳體力也太糟糕了。」因為負責衝鋒而不免被砍了一兩刀，肖恩也很無奈。他都沒叫了，倒是她說得自己好像受傷慘重似的……

「D組——恭喜飄飄柔玩家與維希玩家領軍的隊伍，正式晉級百強！」

隨前頭的NPC在清算人數過後宣告，裴蘿一愣，隨後是高高興興地跳了起來，「太好了，咱們晉級啦！」雖然她大多是靠著強大的隊友獲勝，不過……這麼說來，她好歹也是全伺服器排名前百的水元素使了！

「多虧了小柔的幫忙。」幾分感激地望向一旁一樣是全軍完好，卻顯然輕鬆許多的飄飄柔，維希笑著點點頭。

不過日後再見，就不可能結盟了……之後對戰，大概會困難更多。

「不會不會，盟友互相幫忙，那是應該的嘛。」不甚在意地擺擺手，飄飄柔笑得燦爛，但還有一句藏著沒說——以後都是一家人，客氣什麼？「不過下次再見面，我們就是敵人啦。」

「嗯，一起加油。」揚唇笑了笑，維希看了看時間，覺得有點累了。畢竟兩個小時鬥智鬥勇，還真是挺耗腦力……「我先下了，有點累，晚上還有點事情。」拉了拉手臂伸展筋骨，她覺得腦子有些暈，也不知道是不是因為昨晚沒睡好……

「好，維希好好休息吧。裴蘿弟弟，要不要來練練體力啊？」

「不要，我要休息一下再說……」

伊修斯原本還想在隊伍賽之後找她問些什麼，但看米雅各過去和她說話，只得又頓了腳步。

他嘆氣，「我也下了，再見。」

看來，能和她說上話的機會是越來越少了。

「還好嗎？」見維希神色疲憊，米雅各有些擔心，忙上前問候了句。

維希看了看方才伊修斯在的位置。本來還想找他說些話的，不過她真的累了……「沒事，昨天查資料和做報告花了太久時間，睡得不多，也沒睡好。兩小時把精力耗完了，所以累了而已。」

「那好，妳早點休息吧，睡醒了再和我說一聲。」神色微緩，米雅各頓了頓，「我也是會擔心我妹妹的。」怕她對自己的壓力太大，於是他又笑著補了句。

「知道。」她無奈笑笑，「你也別再太關心我了，該去把我嫂子找回來啦。」

說罷，她便關閉了系統，眨眼便消失在遊戲裡頭。

回到現實中，沈維彤拿下實境頭盔到一旁放好，扭了扭有些僵硬的脖子。看著離晚餐時間還有點時間，暫時也還沒有什麼事情想做，她先床上躺著睡一下好了……

「維彤，妳要睡覺啊？」見她一醒來就往床上倒，范雨薇想了想。也對，聽說她今天打ＰＫ賽呢，肯定很累吧。「我要出去一下，回來要不要幫妳帶晚餐？」

「好啊，那就麻煩妳啦。」張嘴打了個大大的哈欠，沈維彤說完便蓋了被子翻過身去面向牆，沉沉地睡了過去。

「那我幫妳關燈哦，妳好好睡，回來我再叫妳起來吃飯。」

「嗯……」沉沉地隨意應了聲，沈維彤很快便睡了過去。

范雨薇看她很困倦，出門前便將燈關了，後方將門牢牢鎖上。

她和沈維彤的住處在學校對面的三樓，而她這棟學生公寓裡頭總共有六樓，一層樓約有兩三間套房。她們的房間位在最裡頭，出門前，她將門牢牢鎖上，走出走道時，卻隱約似乎從對面的房間裡嗅到奇怪的焦味。

被那怪異的味道弄得有些奇怪，她皺皺眉再嗅了嗅，想了想。

嗯……這整棟樓都是他們學校的人，有時候還會帶來些奇奇怪怪的食物，甚至還有趁房東不在時偷偷煮火鍋的……有什麼怪味道，大概都不算太稀奇吧。

聳聳肩，她沒再多想，拎著包包便出了門。

☆　☆　☆

尹沐霖退出遊戲後不久，便收到了手機裡傳來訊息的通知聲。

原本還以為可能會是她傳來的——但他滑開手機一看，卻發現是林恩。

對方抱怨他今天因為ＰＫ賽的緣故，兩個小時沒有陪到她，說是讓他出門陪她買東西……他皺了皺眉，回了句「在忙」，便乾脆地回絕。

原本只是覺得是同班的同學，多少關照一點，但對方似乎有點太過了，看來他得找時間好好說清楚。

不然……連她都誤會了。

心思還有些亂，他坐在寢室裡頭一邊放空，一邊漫無目的地滑手機，最後滑得肚子空得有點餓了，眼看時間也差不多，便決定出門買晚餐。

「我要出門買晚餐，要幫忙嗎？」看了看寢室裡頭地幾名室友，他問。

「哦哦，那就拜託你啦！我要蝦仁炒飯……」

初春的氣候乍暖還寒，風還有些涼，他便拿了件薄外套穿出門。走出校門口時，卻發現學校對面的學生租屋套房有一棟正在冒煙，整條路上聚滿了人，還有一兩輛消防車停著，看樣子像是在滅火……

他眉頭一皺，卻越看越覺得著火的那棟樓有些熟悉。

那不是維彤住的那一棟嗎？

手一緊，他意識過來，連忙慌慌茫茫地奔過道路跑了過去。穿過人群，他在四周張望來去，卻都沒看到那個熟悉的身影……

倒是在最前面，發現了另一個熟悉的人就站在門前。

「學姐！」卻看見和沈維彤同間房的范雨薇正神色呆滯地仰望著公寓，手裡還拎著一袋食物，於是他連忙奔了過去問，「學姐，發生什麼事了？」伸手過去急急地拉住對方，他問。

范雨薇愣地轉頭看他，「我……我不知道，他們說……說三樓外面那間房，電線走火，裡面燒起來了。但是住那間的人都剛好出門，所以沒有人發現……也不知道是怎麼的，就、就燒成這樣了……」還有些茫然著到底發生了什麼事，她在這看著人一個個都走了出來，卻等得越來越著急。

「維彤呢？維彤學姐呢？」抓著她的手收緊，他聞言看了看上頭，又看了看周圍。這裡很多人都還穿著薄衣服，應該很多是被救下來的……可是她呢？她怎麼不在？是因為本來就不在這裡，還是……

「消防人員上去救火了，聽說火從三樓燒到了二樓和四樓，五六樓影響不大。因為是晚餐時間，大部分的人不是不在，就是很快就發現而下樓了，可是……」一想到這裡，范雨薇嚥了口口水，手開始微微顫起來，「維彤……維彤在我出門前睡了，好像很累的樣子，我順手就把燈也關了……到現在，我還沒看見她……」

尹沐霖手一鬆，整張臉隨之一白。

她還沒有出來？怎麼會……

——他卻突然想起，她怕火！

那時候在遊戲裡，她看見火的時候，愣得一動也不能動，差點就要被被砍……又或者，可能是她睡了，根本連火災都沒發現……

「人都出來了嗎？」見幾個消防人員從裡頭出來，外頭守著的消防員忙上前去問。

「大部分都出來了，但是三樓有間房間的門是鎖的，不知道裡面有沒有人……」

「火勢太大了，裡面不好再進去！」

火勢太大……他看了看三樓豔放的大火。

她會不會有事？三樓的門是鎖的……她還在裡面？

再顧不得什麼，他略一愣神，又望了回去，「學姐，鑰匙能不能借我？」

「啊？」范雨薇愣愣，「鑰……鑰匙，你要鑰匙做什麼？」雖然一時還不清楚他的用意，她頓了頓，還是將房間鑰匙遞給了他。他要拿去給消防人員嗎？可是他們好像說，裡面不好再進去救人了……

而尹沐霖連忙拿過鑰匙，又見一旁還有盛了水的水桶，拿起來便往自己的身上倒了下去！

「欸同學、同學你要做什麼？」

「同學，裡面火勢太大了，你這樣進去會有危險！」

他顧不得旁人的勸阻，消防人員也來不及拉住他，便見他瘋子一樣的、渾身濕淋淋地衝了進去

——

「等……學弟、尹沐霖！」

聽著外頭傳來了眾人的驚呼，他知道自己是瘋了——可是著火的房子裡有他喜歡的女孩，他不能不闖進去。

不管她是學姐也好、是維希也好……他都不能夠失去她——

☆　☆　☆

「噗咳咳咳……咳咳咳咳咳……」

在嗆鼻的濃煙之中驚醒，沈維彤睡在下鋪，在嗆鼻的氣味中迷茫地睜開眼醒來，才發現自己的房間裡竟充斥著濃煙，濃厚得她幾乎都快看不清房間的模樣。

知道鐵定是出了事，於是她連忙翻身下床，彎著身子咳了幾聲。想從最近的窗戶看看外頭情形，她才靠近，卻見窗簾似乎有點起火……回頭看了看，她踱到門邊，才從門縫瞧見了外頭似乎還隱隱有火光，十分嚴重的樣子。

她皺眉。

失火了？什麼時候的事情……她睡了多久？

屋子裡的煙實在已經濃得她無法呼吸，她皺緊眉頭，忙到浴室去將毛巾沾濕摀住口鼻，隨手拎了還無恙的隨身包包便趕緊到門口去。然而看著門鎖上頭似乎也冒著煙，她想了想，便暫時拿開濕毛巾，包住被火燒得滾燙的門把，卻發現門鎖因為被燙歪而卡死了，似乎沒辦法正常地開門出去。

糟糕，外面情況不知道怎麼樣了……

也不知道火什麼時候會燒進來——再這樣下去她會被悶死在這裡，她得趕快出去才行。

看不太清眼前的事物，她卻只得放棄開門的打算，重新將毛巾摀上鼻子，並向後退了幾步，抬腿猛力便往前頭的門踹——

因為已經被鎖死的關係，木門被卡得很緊，她努力踹了幾次都無動於衷。平常的話，再用點力應該還是行得通的，可是她現在失了太多力，又吸入了不少濃煙，而且竟然還開始逐漸感到有點吃力——不行，她不能被困在這裡，不能就這樣死在這裡……

咬唇，她看了看周圍，只好回頭拿起椅子，猛力往便門上砸！

她的力氣不小，鬆動的門在她努力之下，總算被砸出了個洞。而她從洞口勉強地突破門口，正想趕緊下樓，一走出房間，漫天的火光卻叫她一霎軟了腿——

火。

在她眼前，她的鞋櫃、隔壁的木門、附近牆柱……全都著了火。

除了白茫茫的煙霧，她的眼裡全是赤紅火光漫天延燒，嗆鼻的燒焦味充斥在她鼻間，幾乎教人窒息。她撐扶著還沒受難的牆，只覺得自己喘不過氣，但窒息的理由似乎不完全因為濃煙。她彷彿被人狠狠扼住咽喉一般，連施力都顯得困難萬分——她的記憶在此時重疊。

充斥著刺鼻燒焦味、被燒毀的房屋。

為了保護他們而被壓在樑柱下，最後沒了聲息的父親、拖著肚子將濕毛巾掩在她口鼻上，最後將她護著而失去了呼吸的母親……四歲那年，她的家一夕之間因為夜半的意外走火，加上發現得太晚，消防車趕來時，只救下了她……

她的母親帶著她的妹妹，最終因為吸入太多的二氧化碳，送醫宣佈急救無效。

只有她僥倖活了下來，成為了那場火災裡的唯一倖存者……

那麼多年了，那場火卻還在活在她的夢裡，無時不刻地束縛著她，教她無法呼吸。

她害怕那個夢，每當閉上眼，入夢時，它卻總回又回來糾纏。

於是最後，她只能讓自己每晚在入睡前變得更加疲憊，疲憊得連思考能力都失去，然後才能安穩地睡到天亮……

竄入鼻腔地燒焦味卻彷彿又讓她回到了十六年前。彷彿她的背後就是那個被壓在了樑柱下的父親，彷彿在她的身旁，她的母親正撐著已然大了起來地肚子，帶著她沒命她跑——

她將僅存的那條濕毛巾給了她。所以最後，才會只有她活下來。

「維彤、維彤……摀緊這個，往外……跑……」

「維彤，活下來，一定要活下來……」

活下來……她摀著毛巾，又不住地嗆咳了好幾聲，這才總算回過了神來。

不行，她不能就這麼待在這裡。

她要活下去——就是背著全家人的命，她都得活下去……

「咳咳咳咳咳——」

濃煙不斷嗆入她的肺，她努力彎低身子，努力去將不斷浮現腦海的回憶片段揮去，努力想撐住，於是便拐著步伐，腳步踉蹌地往下走。

走廊的東西不多，只有些排在外頭被打散的鞋子在燃燒，要閃躲並不困難，只是她現在的視野實在太糟糕。可也不知道這棟房子的樑柱穩不穩固、不知道自己還能撐多久……

「砰！」地一聲，當她半扶著握把走到二樓時，鞋櫃卻因為燃燒的關係，直直便朝著她倒了過來。

煙霧燻得她的眼睛幾乎睜不開，她差點閃不過，只得踉蹌地避過，幾乎半是摔著的跌到了一樓和二樓間的夾層。

活下去……她得活下去……

她一直記得的。母親要她活下去，無論如何都要活下去。

可是……煙霧好嗆，她到底吸入了多少二氧化碳？空氣中僅存的氧氣好像越來越少了，她被燻得頭暈目眩，只知道腦袋已經暈得幾乎無法思考，她連腳也癱軟，救快動不了——

「咳咳、咳咳咳……誰、有誰在……救救……咳咳咳咳……」

再支撐不住地撐扶在地面上，她很想大口喘氣，可是卻只能摀著毛巾細喘，呼吸不到一點乾淨的空氣。

這就是……臨死的感覺嗎？

可是她不能死、還不能死……爸爸、媽媽，還有妹妹——他們要他活下去，她得替她們活下去

可是，她快要失去意識了，快要撐不住了……

「——維彤！」

匆匆忙忙提著鑰匙奔上樓，尹沐霖才跑到一樓夾層，便看見了跌坐在地面上，意識已經半朦半醒的沈維彤。

他惶然一愣，慌張地用力搖了搖她的肩膀，「維彤、醒醒！醒醒！」

被這樣大的力道搖晃，半昏的沈維彤皺了皺眉。眼睛重得她幾乎睜不開，可是她聽見有人在叫她……勉強半瞇著眼望過去，她卻只能看見模糊的輪廓，隱約認出似乎是熟悉的人。

「你……尹……沐霖……咳咳咳咳咳——」

話還沒說完整，她又側著身子咳了好幾聲，最後雙眼一閉，還是徹底失去意識，整個人無力地癱了下去。

「維彤！」見狀，尹沐霖焦急地再開口喚她搖晃，卻見她已經閉上了眼，再沒有任何反應。

他心一緊。不行，她不能在這裡……他要救她出去！

一把將她打橫抱起，他連忙快速地橫抱著她衝下樓。走廊上放了些學生們的個人物品，或紙箱、鞋櫃、空置的櫃子，垃圾……這些東西全隨著火燒得一發不可收拾，甚至成為了最大的阻礙物，更拖宕了他的時間。

他將她帶出來的濕毛巾摀在她鼻子上掩緊，一路嗆咳著奔跑，閃閃躲躲的奔到了門口，這才終於將她帶出了門外。

「那個同學出來了！」

「欸、他帶人出來了！」

「同學，你沒事吧？」見他竟然真的將三樓那個門被卡死的房間裡帶出了人，消防人員不禁都有些驚訝，一群人也連忙圍了上前查看，想瞧瞧他和那女孩以沒有哪裡受傷。

雖然渾身淋了水，但他出來的一路上，卻都沒有東西能掩護氣管……尹沐霖搖搖頭，稍微咳了幾聲，卻只緊皺著眉頭叫道：「我沒事，快救她——快救她！」

而看見那裡早已在待命的救護車，還有幾名受到了外傷而被抬上擔架的學生，他連忙將昏迷的沈維彤抱了過去，隨後便由醫護人員接手將她送上了擔架。

他一直在意旁看著，時不時便咳出幾聲·直至確認她被送進救護車並送走，他才終於稍稍歇了口氣。

太好了，她沒事了，她會沒事的……

「同學，你剛剛從裡面跑出來，沒事吧？」見他渾身上下被燻得有些髒兮兮的，一旁消防人員連忙過去查看。

而他聞聲回頭，正想回句「我沒事」，卻忽地嗆咳了好幾聲。

「我……咳咳咳咳……」大概因為放鬆下來，吸入肺部的二氧化碳似乎此時才終於作用，他只感覺腦子一時有些暈，便有些撐不住地半跪到了地面上。

「同學！這邊也有傷者，快把他也送去醫院！」

見他狀況有異，消防人員連忙又向後喊了聲，隨後是搖搖頭，不知是感歎還是責備地對他開了口：「同學，雖然你是為了救女朋友才這麼拚命，但這樣太危險了，之後別再這樣了，知道嗎？我們會去救的。」

尹沐霖被濃煙嗆得有些頭昏，聽著對方的話，他原來還想開口替她反駁，可是一時間還沒法緩過氣，只覺得氣管嗆得難受。頭髮還濕漉漉的滴著水，他喘息著撐著膝蓋，便很快被醫護人員給攙扶上了車。

——不是女朋友，但是是重要的人。

哪怕再有一次……他還是會那樣子，不顧一切地衝進去救她。

☆　☆　☆

沈維彤醒來時，第一個竄入鼻尖的，是有些刺鼻的藥水味。

渾身上下痠軟疼痛，腦袋還暈呼呼的有點想吐，身體還有些無力，她皺著眉頭睜眼，撐著身子起來，便見一旁范雨薇正在倒水。

「維彤！妳醒了？」連忙放下水杯，范雨薇上前拉起她的手，「還好嗎？還有沒有哪裡不舒服，要不要叫醫生過來？」有些擔心地看著她，她在她床旁坐下，蹙眉仔細地打量她神色。

「我沒事，只是還有點頭暈而已。」無奈地扯扯嘴，沈維彤看著她，「能給我水嗎？我有點渴。」也不曉得自己暈了多久，她大概好長一段時間沒喝到水了，喉嚨也乾乾的。

范雨薇連忙把水杯遞給她。「沒事就好。醫生說妳是一氧化碳中毒，吸入太多毒氣了才暈倒，但幸好有即時出來，又沒有外傷，所以不嚴重。多休息一下，明天就可以出院了。」看著她將水飲盡，她又看著她眨了眨眼，「要吃蘋果嗎？我有帶來。」

「先不用。」搖頭，沈維彤雖然沒進食，但還稍微覺得有些反胃。「我睡了多久啊？又是怎麼被送來這裡的？」印象中自己原本想逃，但種種原因還是沒能在失去意識前走到門口……她是被消防員救出來的？出來的時候也沒見到人，好像大家都跑了，就只剩下她一個。

「說到這才絕了。我本來都快嚇死了，大家都出來了，只有妳還沒出來……消防員又說妳的門被卡死，正打算從外頭突入看看，尹沐霖就淋著水衝進去了！」表情誇張地雙手合十，范雨薇一雙眼睛亮亮的，「超——浪漫的啊維彤！他完全沒有猶豫、就那樣衝了進去欸！就像韓劇男主角一樣……要是我男朋友也這樣就好了——」

一旁范雨薇還在閃亮亮地進行各種浪漫幻想和花癡，沈維彤聽著她的話，卻暗自思索起來。

尹沐霖？他怎麼會在那？怎麼會及時地衝進來救她？

這麼說來，她失去意識前，似乎是看見了他。

「尹沐霖怎麼會在外面？妳去找他的？」困惑地思索了會，她開口問。

「不是，他好像是正好路過，我說妳還在裡面沒出來，他就衝進去了。」搖搖頭，范雨薇想了想。她那時候也還慌慌張張的，不知道他怎麼就出現在那了。「維彤，他為了救妳，自己也輕微中毒了，我順帶過去看他時，他還很擔心地一直問妳醒來了沒有呢。」

「輕微中毒？」沈維彤皺眉，「他沒事吧？」一想當時的情況該有多緊急，火燒得旺盛、他卻那樣毫無措施地貿然衝進來……太亂來了！要是他連她都還沒找到，自己就先死在那了怎麼辦？

還以為自己是偶像劇男主角呢，竟然隨便這樣玩？

「沒事，他輕微而已嘛，進醫院稍微治療了下就好了。」沒注意到她神色緊繃起來，范雨薇仍是笑嘻嘻的。「不過維彤，說真的，我本來以為他不過就是一個小屁學弟，沒想到竟然這麼在乎妳……要有個願意為妳衝進火場的人，不簡單呀。」神色幾分認真起來，她頓了頓。

「維彤，我看那學弟很喜歡妳。不過妳又是怎麼想的啊？」

聽著她的話，沈維彤微微愣了愣。

雖然想過那小子跟前跟後的應該是喜歡自己，但真這麼想起來，她除了生氣那傢伙亂來外，其實還是挺感動的。

大火……她在那場火裡，彷彿又看見了過去。

這次是他把她帶了出來……幸好，這次……他沒事。

「怎麼會突然火災？不是都好好的？」沒回答她問題，她轉了個話鋒，只想把事情先弄清楚。

「聽說是我們對面那房出門沒關掉電鍋還什麼的，那條電線又太老，不小心就電線走火了，又剛好他們那房的人都不在。」

「那還有人受傷嗎？」

「好像是有人有局部灼傷，還有人腳被壓到、輕微骨折之類的吧，大多都不嚴重，也有一兩個住在四五樓跟妳一樣一氧化碳中毒的被送進來。」想了想，她回答，「對了，還有個叫周建禹的人來看過妳，不過妳還沒醒，他說他還有事，確認妳沒大礙之後就先走了，說是晚點再來看妳。」

周建禹……沈維彤一頓。「知道了，我再打給他。」那傢伙竟然從自己的地方就這樣拋下工作趕了過來……不知道該有多著急她。

只是她是真心希望，他的關心，可以不再給她，而是給真正值得他付出的人。

范雨薇好奇地眨眨眼，「原來妳和那個米雅各是青梅竹馬啊。」一眼就認出了那個來看好友的人很眼熟，她在對方來時便好奇問了兩句，才知道原來他們不僅是早就認識，還認識了很久。

「嗯。」她漫不經心地點點頭，稍作休息後覺得好多了，看了看上頭點滴，便想下床，「雨薇，尹沐霖在哪？」

「尹沐霖……」記得他是在外頭休息來著——范雨薇轉過頭，正想去叫人，回頭便看見她口中的人正站在門口，不曉得是剛來，還是在那站了多久。

她一愣，而在讓出視線的同時，沈維彤也看見了他。

「啊……那什麼，你們慢慢聊，我先去跟醫生說妳的情況啊……」識相地擺擺手，她一面乾笑，一面迅速退出了病房，急匆匆便快步踱了出去。

一時間，便只剩下了他們兩人無言對望。

還真以為偶像劇呢……沈維彤嘆氣，抬眸，便見他神情有些擔憂，躊躇著小心翼翼地踏了過來。

「維彤……妳還好嗎？」

章十一勝利

「維彤……妳還好嗎？」

踱到她床邊的腳步還有些惶惶然，尹沐霖小心地覷著她，帶著像是擔心、卻又不敢過問太多的糾結神情。

本來想確認了她沒事就走的，可是……終究還是擔心她，想進來看一看她。

沈維彤看著他小心翼翼的，一副做了錯事準備被罵的可憐模樣，一下子剛才那股火氣就消了大半，害得她開口，張嘴想說話，卻想罵他也不是，想說自己沒事也不是。

真是的——可惡的傢伙，跟她裝什麼可憐啊？

「你小子好樣的，給我過來。」還是決定該板起臉來好好訓他一頓，她板起臉孔，挑眉對他擺擺手，一雙眼睛惡狠狠地瞪。

還不曉得她情況究竟如何，尹沐霖原先只是休息過後，便打算去看看她醒來沒有，正好到門口便看她已經醒來和她的朋友聊了起來。心下有些鬆口氣，他想進去問問，卻又不好意思打斷，就杵在了那裡。

原本還想，她醒來了就好，自己也未必要去問，乾脆就回去吧……結果她們就巧合地看了過來。

倒是看她這樣子，應該是沒事了。

舒了口氣，他依言乖乖走了過去，隨後便見她生氣地撐起了身子瞪他：「尹沐霖，你身上連個裝備都沒有，就那樣衝進去火場？你不要命了嗎？你知不知道那樣很危險啊？」一手拽過他的衣領，她直直地瞪著他瞧，眉頭緊皺。

也許一般人這時候該是要感動地抱住救命恩人以身相許吧——可是她太害怕了。她最重要的人都在火裡殞命，那種不要命的行為……無論是誰，要是再有人為了她死在火裡，教她情何以堪？

可尹沐霖面對她的質問，卻好半晌都說不出話來。

為什麼就那樣衝了進去？

他當然知道那很危險，也知道自己很有可能會發生意外，可是……

可是一想到他再晚一步，她就可能永遠再醒不過來……一想到這樣的可能，他就覺得，無論再來幾次，他都還是會選擇那樣子衝進去……

「喂，說話啊？傻啦？」皺眉，沈維彤看他一愣一愣的不說話，也不知道在想什麼，忙在他眼前揮了揮手。

總覺得他看起來好像挺無辜的，她是不是罵得太過了？好歹他也是奮不顧身地救了自己……他不會被她罵得太委屈，難過了吧——

「我知道。」沉默許久後，他定定開口，「但如果再來一次，我還是會去救妳。」開口，他的語氣很認真，雙眸卻還低斂著，像是還在思索著什麼。

「都說知道了，還衝？」而她蹙眉。他這不是完全沒把自己話聽進去嗎？「你是想連自己的命也丟了嗎？還是嫌自己的命太長？」語氣又更嚴厲了些，她開口再訓斥。居然說再來一次還是會救她，那要是再來一次，他沒這麼好運了可怎麼辦——

「……因為我喜歡妳。」啟唇出聲，他抬眸對上她的眼，語氣堅定而清晰。

「因為喜歡妳，害怕失去妳。」

……這什麼情況，他是對她告白了？

沒有想到他會突然表白，沈維彤一下子愣了神，張嘴欲言，卻竟不知道該怎麼回答他。

心跳得很快，臉頰也有些燥熱，她忽然覺得有些不知所措，甚至不敢看他認真得過分的眼睛……她是第一次有這樣的感受，難為情的她立刻就別過了眼，捉著他衣領的手隨之鬆開……可是心底又莫名地覺得開心。

原來——這傢伙是真的喜歡她啊。

……但是這傢伙也太快了吧。她原本還在觀察和思考的啊——他突然這麼一說，又叫她該怎麼回答才好……

「我沒有別的意思，只是……想對妳說。」看她神色呆滯的，尹沐霖連忙幾分慌亂地斂回神色，以為自己的話讓她困擾了，不由得歉疚起來，「我知道學姐有人照顧了，以後……不會再打擾學姐的。」

將稱呼回到了最開始的敬稱，他眸光暗了暗，退開身子站定，算是做了最後的告別。

他知道，她已經有人照顧了。自己要是再繼續這樣子喜歡她，大概只會造成她的困擾吧……

但在最後告別前，還能這樣和她說話還有坦白，他也就沒什麼好殘念的了。

然而沈維彤聞言，卻是不解地皺起了眉頭來，「有人照顧？那什麼意思？」蹙緊眉頭，她認真想了想。原來他誤會自己有男朋友？怎麼誤會的？不會這傢伙最近對她都一副小媳婦的，就是因為誤會了這個吧？

「學姐不是有男朋友了？」微微抬起眼，他小心翼翼地問。

「我哪時候交的男朋友，怎麼我自己都不知道？」忍不住就笑出了聲，她不禁有點哭笑不得。開玩笑，她可是單了二十年的黃金單身女子啊——什麼時候她脫單了來著？怎麼好像她似乎還是最後一個知道的？

尹沐霖眨眨眼。

他想起在來見她前，他第一次看見了那個遊戲裡叫米雅各、現實中叫做周建禹的男人。在病房門口，他看見他慌慌張張地，匆匆奔進了醫院看她，身上還穿著工作套裝，風塵僕僕的。他看起來是真心地擔心她和喜歡她，他能看出來——他是真的在乎沈維彤。

可是那個人見到了他，和他打過招呼，準備回去時，竟然說了讓他好好照顧她……而他不解地問：「什麼意思？不是你照顧學姐嗎？」

「你到時自己問她就知道了。」周建禹神秘兮兮地對他眨了眨眼笑，又開口重述，「伊修斯，無論是維彤還是維希——我都把她交給你了。」

——原來不是他想的那樣子嗎？

尹沐霖這才恍然大悟。那個時候，他說他是她的伴侶……也只是為了趕走亞瑟？是他想錯了？

「所以學姐……沒有男朋友？」睜大了眼睛看她，他愣地眨了眨眼，覺得自己好像一瞬間又有了希望。

「沒有，姐姐我二十年來潔身自好，寧缺勿濫。」故作正經的憋著笑回應，她很想笑他不知道又誤會到了哪裡去，又是為什麼突然頓悟。只知道他短短幾分鐘間，眼神變換來去的，精彩得她都想直拍手叫好。

「不過我眼前就有個預備晉級的候選人，不知道他領不領情？」

傻愣地看著她明媚燦爛的笑，尹沐霖怔忡地眨著眼，只覺得自己的世界，似乎一瞬間便因為她，而明豔光亮了起來。

☆　☆　☆

於是在失火事件過後，現實中的沈維彤和尹沐霖，總算正式由直屬學姊和學弟的關係——晉升成了男女朋友。

兩個人都沒什麼經驗，尤其沈維彤處事霸道，表面看著對尹沐霖還是很兇悍——甚至似乎更兇悍了。看得范雨薇都差點想問她到底是交了男朋友回來，還是找了個男傭回來。

不過她轉念想想，就她那性格，說不定也只有尹沐霖這樣的傻子會喜歡上。

失火事件過後，他們原先的住處損失太過慘重，只好一群人一起進去清理，將還完好無恙的用品先拿出，損壞的物品則是直接清理掉。一時間變得無家可歸，沈維彤和范雨薇只得暫時先各自搬到同學的住處暫住，其他損失的部分還得慢慢談……不過她們想，那個不小心電線走火的同學，大概會賠償慘重吧……

「維彤，不用擔心，人沒事就好。」沈定夫婦知道女兒發生那麼大的事情，自然也擱下了工作過去看她，並陪著她一起將房間清理出來，開車替她載運，「住的地方，有找到再和我說就好，不用擔心錢的問題，嗯？」

關心地笑笑，沈定說著，便伸手輕拍拍養女的頭，幾分寵溺地揉了揉。

雖已即將邁入老年，他髮間已摻和不少白髮，但容貌仍是健朗，親切而和朗。

沈維彤看著這個照顧了自己十六年，一直以來幾乎未曾對自己兇過、總是對自己極好的養父。看著他眉間的皺紋，和逐漸稀疏的頭髮……多少年了，自己總是對他們冷冷清清的，可是當年他們收養她的時候都還是滿頭濃密黑髮，如今卻也老了……

她突然就有點鼻酸起來，但只微微垂了眼，不敢表現。

這麼多年了，她也將自己困在了那場火裡……這麼多年了。

要是再把自己繼續困在那裡，等她回過頭來，恐怕就連養父母都不在了吧……

「謝謝你……叔叔。」噓了口氣，她雖然仍然無法那麼輕易地改變，但她想——至少，在這次之後，她或許終於能夠更坦率地面對，然後放下了吧。

總有一天……她也會更坦率地面對他們的。

「傻孩子，謝什麼？你人沒事，那才是最重要的。」寬慰地笑了笑，沈定拍拍她肩頭，隨後望向那裡正幫著她搬東西忙進忙出的尹沐霖。「維彤，那是妳同學嗎？」看著那個幾乎把這裡大半東西都幫忙搬完了的人，他笑問。

沈維彤聞言愣了愣。

順著沈定的視線，她也朝著他望了過去——周建禹原本想要請假來幫忙，但被她給拒絕了，被她喝了回去讓他好好上班。教授體諒她發生事故而讓她請了假，不記曠課，尹沐霖則是自己向老師告了假，說自己反正以前從來沒曠過課，非要來幫忙。

不過也不壞，多了他一個來，她善後的速度確實是快了許多。

只不過才剛交往，就要讓他繼續當工具人，讓她不免有些小小愧疚就是。

「不，那是我直屬學弟。」搖搖頭，她笑笑，「也是我男朋友。」

☆　　☆　　☆

「維希！妳終於上線了！」

而當她再次戴上頭盔打遊戲，已經是事故發生過後的第四天。

自己原本的那頂已經因為事故壞了，周建禹知道她還有競賽，便讓她不用擔心，直接從公司帶了一頂回來給她，讓她好好把ＰＫ賽打完，也不知道算不算是公器私用……她咋舌，這才想自己似乎已經養成了天天開遊戲的習慣了。

「怎麼啦，裴蘿？」挑眉，她笑著在好友頻裡頭回應。

「維希！」匆匆忙忙就從會地出來，一路奔到了她面前，裴蘿看了看她的模樣，顯得急匆匆的，「聽米雅各說妳住的地方失火了！然後就看妳四天沒上，也不知道怎樣了，還好嗎？」

米雅各還幫她報備了啊？維希笑笑聳肩，「沒事，逃過一劫，伊修斯把我救了出來。」莞爾，她開口。

「伊修斯救了妳啊？」裴蘿眨眨眼，「是說這樣的話，妳不應該上線啊！不是該好好休息才對嗎，聽說妳還住院了……」臉色隨即一變，她想起來還聽說她住院了，那不是應該挺嚴重的嗎？怎麼她還開遊戲上來啊！

維希翻了個白眼，「米雅各那傢伙還真是多嘴欸，他到底都說了什麼啊？」玩遊戲就玩遊戲嘛，他這樣把她的事情都說完了，還讓她玩什麼？

是說她也不過四天不在，這傢伙倒是搞得像是她失蹤一個月了一樣。

「唔……」看她有些不耐煩，裴蘿無辜地眨了眨眼，「其實失火的事情新聞有報了，不過他一說我對起來，才知道失火的就是妳住的地方，又因為擔心，纏著他纏了好久才讓他說的，妳別怪他啊。」沒想自己害了別人被罵，她有點慚愧，連忙開口幫米雅各解釋。

「想也知道，就妳這雞婆個性。」無奈地覷了她一眼，維希聳聳肩，隨手便點開她的等級來看，發現她已經一百零一等了。

看來是闖過那個新開放的塔爾塔羅斯了？「去看過新地圖了啊？塔爾塔羅斯好玩嗎？」笑著揚揚眉，她問。

「還不錯，劇情任務有進展了，ＮＰＣ和怪物都挺新奇的，就是整張地圖的天空都烏漆麻黑的，不是很喜歡……還是穹之都漂亮。不過我跟肖恩只是先去探一探啊，我們三個都還在等你和伊修斯一起去破副本呢。」撓撓頭，裴蘿嘟囔著抱怨了兩句，隨後又笑開。

「不過維希妳這樣……ＰＫ賽還打嗎？」想了想，她問。

她畢竟遲了四天沒練等，雖然說本來就不可能在她打進決賽前升級到一百二十，但跟其他人比起來，畢竟還是多了些差距……等級的差距和技能的強度等等的都有關聯，而且還不曉得她這個月還有沒有時間玩呢。

「打啊，當然打，為什麼不打？」一臉奇怪地看著她，維希揚揚眉，「副本新地圖和ＰＫ賽都打——我維希的字典裡，才沒有半途而廢這四個字！」

☆　☆　☆

「第二周全伺服器百人爭位賽分組完畢，請各位玩家於三十分鐘內前來報到，開始進行挑戰賽——」

報到開始的宣告聲從系統廣播傳來，從隊伍賽晉級的一百個人陸陸續續到烏拉諾斯尋找ＮＰＣ報到，維希和伊修斯等人在解決手上任務後，便也跟著用傳送陣，回到穹之都去。

從隊伍賽晉級出十組隊伍後，每組五人將被拆隊，除了正式成為全伺服器前百名外，也開始進行亂數分配，每十人分成十組，每組進行九輪淘汰賽，每組勝績最多的前三名便能勝出，進入三十名排位賽。

九輪的競賽，十組同時進行，每場都是一對一，限制時間為十五分鐘，十五分鐘內若無分出輸贏，便以疲憊值最高的算做失敗。

比起耗時兩小時，以默契合作為主的隊伍賽，個人賽總共還得打一百三十五分鐘，雖然每場中間都能休息，但還是相對的十分耗體力——幸好是在遊戲裡，疲憊值之類的東西都還能回復，要是換做在現實大概早就累死了。

一同走到報到的烏拉諾斯公會殿堂內部依照職業來找ＮＰＣ簽到，他們五人三天來練了兩等，新的地圖怪物等級高、閃避起來麻煩，但相對任務和怪物的經驗值也高了許多，也比起窩在時間神殿練等要來得快了很多。

「安安維希，你們終於也來了——」

才剛到定點沒多久便聽見了飄飄柔蹦跳的招呼聲，維希愣了愣，轉頭便見他們五人就在一旁等著，似乎剛報到完。

「嗨嗨，小柔——你們那邊分組情況怎麼樣啊？」率先過去回了招呼，裴蘿好奇地問，眼睛睜得亮亮的。

「報到只能看到自己的分組狀況啦。」飄飄柔聳聳肩，並同時表示了自己所知的第一輪對戰對象裡頭並沒有看見他們。「維希呀，聽說妳一直想打ＰＫ賽，有目標嗎？」轉而望向維希，她從伊修斯口中聽說她當初玩《晨櫻》的目標，似乎就是為了ＰＫ賽的獎金，可是卻竟然玩了聖諭使……她覺得挺好奇，又不住看了看後頭的夥伴五月雨。

聖諭使的輸出一直是全職業倒數，大概只僅次於吟遊詩人。但是吟遊詩人攻擊的變化段數很高，聖諭使則相較單調，這兩個輔助職業要是玩到熟了，真互相打起來，恐怕聖諭使還未必能贏。

她的夥伴五月雨，已經是他們緋穹裡最強的聖諭使了，算起來也大約不過在伺服器排名五十……維希要是想拿獎金，卻必須打進前十名才有得拿，其餘都只有獎品。

「前五。」對她的問題，維希答得一點猶豫也沒有，「我的目標是打進前五。」

前五？

她這話一出，不僅緋穹的五個人愣住，其他周圍聽見的也都愣了。

從來沒有一個聖諭使能夠打入前十，更別說前五了，伺服器裡最厲害的也不過停留在十五名

——她的目標怎麼聽都讓人覺得不可能啊！

「真的？」飄飄柔倒不顯得驚訝，似乎她會說出這結果，一點也不奇怪。「那看來，無論這中

間有沒有對到，我們決賽一定會碰頭了。」摸摸下巴，她想了想，看了看她的職業，又看了看自己的，似乎覺得挺有趣。

她是闇屬性的咒術師，而她是光屬性的聖諭使……雖然她對自己的操作很有自信，但要是她真有辦法打到決賽，也許勝負還難定。

「嗯……大概吧。」聳聳肩，維希也不敢放大話說自己一定會打進決賽——她也知道過去沒有過聖諭使打入十名內的紀錄，只是對她來說，即便不是勢在必得，那也是必須去爭。

畢竟沒有爭取過，又怎麼知道她有沒有那個可能？

「那……正好小伊跟維希總算終成眷屬，不如咱們打個賭如何？」骨碌碌地轉了轉眼珠子，飄飄柔打量地看了眼她身旁的伊修斯，又復燦爛笑開，「只要妳對上我，贏了我，我們小伊就嫁去雨季。」

「嫁」?!

伊修斯差點噎了一把。什麼時候他要……嫁出去了？

而且這賭約——什麼時候問過他同意了？

旁邊眾人聽見這話，也不住地跟著咳了好幾聲。這什麼動詞來著，明顯哪裡不太對吧！

維希倒覺得有趣地挑起了眉，打賭呢？她倒是好久沒下注了。

「那如果我輸給妳呢？」知道飄飄柔的實力堅強，即便他們兩個算來還是她剋她的闇屬，能贏她這個台服第一的機率也很低……但賭約嘛，無論結果如何，賭個一把總是有趣。

飄飄柔眨眨眼，「維希如果輸了，那就入贅來我們緋穹，如何？」

跳槽到緋穹？她想了想，下意識便轉頭看了看旁邊的裴蘿和肖恩。

「維希，妳不會真要賭吧？」裴蘿有點擔心——別提是嫁還是入贅了，要是維希輸了怎麼辦？她不想要維希離開雨季啊！

「聽起來挺好玩不是嗎？」維希笑彎了眼睛，隨後定定望向飄飄柔，「好，成交！」

——其實飄飄柔也不是真心要打這種賭，畢竟雨季和緋穹的緊張關係還沒排除，這點她也知道。只是想看看她家小伊的反應，就是到時勝負分出，她也不會逼迫哪一方退出自己的公會的。

不過，究竟維希能不能打進前五強……她還是挺期待的。

☆　☆　☆

維希和伊修斯第一輪被分到的都是不相識的人，應付起來不難，雖然有幾個同公會的，也遇到了一兩個排名在前半部的高手，倒也算應付能過。

倒是裴蘿看見第一輪站在自己眼前的對手後，一瞬間覺得自己有點傻眼。

「……肖恩女神，咱們現在是要自相殘殺嗎。」看著握著雙劍站在自己面前的黑衣紅髮青年，裴蘿握著長杖，覺得有點衰。

第一輪啊！她一個遠攻的水系法師，對他一個專門輸出的雙劍使……而且他們倆還可以算是最熟悉彼此招式的。

肖恩倒是看得很開，咧嘴便爽朗地笑了開來，「哈哈哈，真巧。裴蘿弟弟，記得不要放水啊！」

「等等，應該是我要盼望你給我放水吧……」

「C組第一輪爭位賽，開始！」

沒給他們閒聊的時間，廣播很快便公告了競賽的開始，十五分鐘的時間也由此開始計算——裴蘿一愣，連忙向後快速後移和他拉開距離。肖恩的速度向來很快，他又是最擅長欺身近攻，自己得離他遠一點才行——

連忙放了個冰凍術先將他的腳凍住，雖然她知道那大概只能拖個幾秒時間，但至少能讓她思考一下後面該怎麼做……

「哎，裴蘿弟弟學乖囉，居然知道還要先限制行動哈！」很快便掙脫了她放的限制魔法，肖恩提劍便迅速朝她攻去，而後便見她有些踉蹌地向後退閃，便提杖放了冰霧出來模糊他視線，又同時啟動法陣，猛地便朝他砸了冰柱過來。

她這一作戰模式，倒是和維希有點像了。

而裴蘿打得很專注，專注得幾乎沒有多餘時間說話，每一步都在思考該如何防守和趁機攻擊。

「裴蘿不錯喔，速度又變快了。」雖是勉強用劍擋下了幾個冰柱，肖恩仍不免受了點傷，閃避的模樣看著卻還是輕輕鬆鬆的。而又揮劍欺身向前，他直接將她擋在身前的冰壁砍碎，又放了個燃火的技能朝她砍去，剋了她最善用的冰系。

「欸，裴蘿弟弟怎麼都不說話，是不是因為我太帥了，看傻了？」見她難得沒有說話，眉頭蹙得死緊的，好像很努力在思考的模樣，他覺得有些好笑，便故意又出聲鬧她。

反正他本來就只是加入隊伍賽幫忙的，對這種比排名的東西基本上興趣不大，名次對他而言也不重要──當然他想，裴蘿也不會希望他真的對她放水，他還是會認真打的。

但……要安安靜靜的嚴肅ＰＫ，對他而言根本不可能！

「裴蘿弟弟，妳看我前幾天學會的這個新技能，是不是也跟我一樣帥到翻天了──」

「乾！女神你很吵！我們不是在對決嗎！」一般頻道裡頭充斥著他的語音，她覺得自己的耳朵很受干擾，實在很難理解他怎麼還有那閒時間跟她瞎聊。明明他都已經吃了她好幾招了！

而他搖搖頭，「不不不，我們不是對決，我們這是友愛的過招。」煞有其事地佯出正經神色，他擺擺手，「小幸運說，當一個女生說你很吵，代表她其實……」

「閉嘴！」

☆　☆　☆

第二周的百人爭位賽便在鬧騰中結束。

裴蘿和米雅各都沒能晉級，肖恩倒是搶了Ｃ組最後的位置晉級三十強。

「聽說妳和肖恩對上，後來戰況如何啊？」看著結果出爐，維希見裴蘿神情有些沮喪，便笑著問了句。

「當然輸啦，我怎麼可能贏得過他啊。」嘆了口氣，裴蘿雖然對排名基本沒什麼野心，但還是有點難過。而且她只多輸了肖恩一場啊……

維希莞爾，「沒事，改天我給妳特訓，下次把肖恩打回去！」

伊修斯、維希和肖恩晉級三十強，同時緋穹的飄飄柔、未央、AO及詠夜也無懸念地進入。維希知道米雅各為了避人口舌，後面三戰很技術地放了水，她後來看著別人錄下的重播，看他明顯出了些平時不會出的差錯，便想他大概怕自己員工身分打進排名不太好。

雖說如此，他還是加入了自己的隊伍呢。

結果到第三周競賽分組出爐，維希便在自己的對戰名單裡看見了伊修斯。

第三周的上半場要直接爭取前十名的資格，一組六人進行五輪PK，只有每組排名前二的能進入十名的半決賽，下半場則是由其他二十人進行二十名的爭位賽。

看著對戰名單裡的伊修斯和未央，維希突然覺得有點頭痛。

她聽說緋穹的未央也一直在爭取前十強的機會，而且對方實力十分堅強……

但是只有兩名資格，這也未免太為難了吧。

「喂，伊修斯，你可不准放水啊。」手裡還拿著武器，看著站在自己對面備戰的人，維希很無奈。

不過難得的機會，能好好比一場也不錯就是。

伊修斯點點頭，隨後便聽見廣播道：「A組第三輪爭位賽，開始！」

隨著廣播宣告時間開始進行，維希也召出武器擺出備戰動作。就她所知道，伊修斯最擅長遠攻，速度上她也比不上他……那麼距離得拉近，不能讓他有機會牽制自己！

才這麼一想，對方便迅速朝她射了繩索過來。而她連忙向一旁閃開，利用法陣躍至空中，並迅速望下朝他靠近。伊修斯也看穿了她的想法，原本想用偽攻讓她後退，但她並沒有上當……

思索下一步該怎麼做，他只得先退後避閃，然而她的攻擊很快，短杖朝後一指，法陣便由她身後現出，伴隨象徵天使的巨大翅膀和光劍朝他襲來。

他閃得有些踉蹌，只得硬著頭皮受了那一擊，而後趁著光芒還未散時迅速離開了位置，提槍便朝她射了繩索出去。

維希沒來得及跟上他速度，雖然盡力閃躲，腳踝還是被抓住。狼狽地往前摔了一跤，她還是趕緊翻過身來，忙在前頭施放了光壁抵擋，隨後便有幾支弩箭撞到了光壁上，最後破了她的防壁。

一支箭射入她臂膀，她吃痛地掙開繩索退開。伊修斯見她受傷，有些猶豫地頓了動作，稍一恍惚便被她的光壁魔法給綁住了行動。

連忙提槍欲將她的光壁給擊破，同時又讓她受了幾箭，他卻又見另一個光壁直直地朝他貫來——是她最慣用的攻擊模式。向上躍開躲避，他將兩把弩槍合十，預備召出技能攻擊，然而當槍直對著她的那一刻，卻還是猶豫了下來——

「砰！」地一把，她沒猶豫太多，指出短杖用光凝聚出箭矢，直直穿入他的腹部——同時間，比賽時間也宣告結束。

伊修斯的疲憊值多了她好一些，受下的那一把光箭還讓他有點痛。比賽結束的恢復魔法施下後，他便聽得廣播宣佈：「A組第三輪爭位賽，由玩家維希勝出！」

結果出爐後，維希鬆了口氣。

這是她贏的第三場賽了——只要後面兩場能贏，就能進入十名半決賽！

不過——「你這傢伙，剛剛明明能放技能的，為什麼沒放？」皺眉，在被送出比賽場地後，她做的第一件事自然是找放水的人算帳。「你大絕放下來未必會輸，賽前還說了絕對不許放水……」

「不是放水。」伊修斯的表情很正經，「對著女朋友，怎麼可能殺得下去。」

「……」

看著維希難得愣神紅了臉，裴蘿搖搖頭。生活處處是狗糧啊……

☆　☆　☆

最後對上未央時，維希和她激戰了十五分鐘，原本差點打平，最後未央不知為何分了神，又讓她放了一招，疲憊值數多了她一點點，因而由她勝出。

伊修斯除了敗給維希，前頭又敗給了一個雙劍使，在A組裡無緣晉級。

於是A組裡——便由她與緋穹的神射手未央晉級。

結果他們隊伍裡頭打入半決賽的，就剩下她了。

倒是在下半場的二十名爭位賽裡，緋穹的AO對上了雨季的殘血惹——維希原本是想去看伊修斯爭位賽打得如何，才在休息過後到現場，卻見圍觀群眾幾乎把現場擠爆，都快要比總決賽要來得擁擠熱鬧了……一時還有些反應不過，她好奇問了旁人後，才知道原來都是來看他們兩個的熱鬧的。

據說為了止住謠言，AO和未央成了伴侶，雖然也不知道是假戲真做，還是真戲假做……反正這個兩個公會間，兩男兩女的八點檔是越傳越誇張，有說是未央左摟右抱的，也有說兩個男人為了搶她一個，爭鬥不休的……

不過群眾散得很快。AO沒在眾人期待中和殘血惹轟轟烈烈地大幹一場，十五分鐘的競賽中，每一招都技術地放了水……最後敗給了殘血。

「欸，為什麼AO要一直放水啊？」

「該不會是怕了殘血吧？畢竟人家是PK榜前五名的……」

「可是AO是台服最強坦啊，怎麼可能會怕他？」

「我看起來，會不會是AO怕殘血輸得太難看，所以偷偷放水啊……」

群眾討論得很熱烈，彷彿看戲一樣七嘴八舌的——維希無奈搖搖頭，酸民跟三姑六婆，果真是無所不在啊……

不過她看起來，她們副會長似乎忍著某種情緒忍得很痛苦……大概被那麼放水了，心情很不愉悅卻還要繼續維持親切形象吧。

下半場的最後，肖恩止步三十名，伊修斯則打入了二十名排位。

而在第四周的十名半決賽裡，維希則在第三場上遇上了飄飄柔。

半決賽直接由十個人先進行九輪競賽，勝率排前四的進入冠亞季軍的總決賽，後面六名則再進行排位競賽。

只是沒想到她一直到半決賽才遇上飄飄柔……維希聳聳肩，覺得也挺命運的。

「那麼，就請妳多多指教啦。」揚開唇角笑，她看著站在自己對面的咒術師——其實要是輸了，輸給全伺服器排名第一的緋穹公會長，那也是挺光榮的。

「維希也多多指教啦。」對著她眨了眨眼，飄飄柔見她竟然真的能打進前十強，其實還是挺驚訝的。

無論對方最後排位第幾，頭一次有聖諭使能打入半決賽，她恐怕真能刷新一次大家的三觀了。

「半決賽第三場爭位賽，開始！」

系統廣播出聲的那一瞬間，飄飄柔立刻跳離她三尺遠。維希一愣，連忙放出光壁欲牽制她的行動，卻很快被避開。

好快的速度——她咋舌。雖然一起合作過隊伍賽，但她基本上還不太熟悉對方的作戰模式，她先逃開是為了觀察她嗎？

那——就由她先進攻，也未嘗不可。

沒猶豫太久，她略思索片刻，便在對方身後放了光壁阻擋，而後迅速欺身，直直扔了個光壁便朝她砸過去。

一時沒料到她會這麼暴力，飄飄柔沒躲成，被那個光壁砸得略暈了幾秒，但還是很快反應過來，閃避了她襲來的箭矢。直指短杖放出鎖鍊將她縛住，她還是決定先將她牽制——她的速度比一般聖諭使要快很多，閃避起來實在不方便，看來得用風箏戰術了。

飄飄柔的鎖鍊縛得很緊，屬性相剋的關係，也將她弄得渾身不舒服的。皺緊眉頭，她閃避不開對方朝她射來的闇元素子彈，但也掙不開她的鎖，一時間受了她好幾擊。

這下不好，她的法術運用成熟度，確實比她要高上太多了——這麼下去會變成被拖著打的，得速戰速決才行。

咬牙，她勉力召出聖書，用了聖光淨化，總算將她的鎖鍊掙開。

時間所剩不多，她的疲憊值比她多了很多，再這樣下去就輸了——

喚出法陣，她召出光芒凝成的巨劍，預備放出大絕直接給出最後一招——然而黑暗鎖鍊卻忽地從臂膀纏上她的腳，最後將她整個人綁得死緊。

她看過去，便見她用闇屬防護壁擋掉了那一擊，而後抬起眼睛看她，笑嘻嘻地眨了眨眼。

「維希，抱歉啦！」

語畢，飄飄柔放出大招，黑暗光束直直將她穿過——同時間，比賽時間宣告結束。

而她吃痛地接過那一擊，撐扶在地上差點喘不過氣，連忙給自己放了個治癒術，才總算緩過來。

「半決賽第三場爭位賽，由玩家飄飄柔獲勝！」

聽著系統的廣播聲和現場觀眾的歡呼聲，維希搖搖頭。看來想打贏全伺服器第一名的咒術師，她還早得很哪。

☆　☆　☆

「本次ＰＫ榜競賽結束，感謝各位玩家的參與，獎勵將會在下周發放……」

半決賽的結果，維希排在了第九，只打贏第十名的未央，最後還是沒能如願成為前五強。

飄飄柔依舊無殘念地成為伺服器第一，伊修斯排在十四，肖恩則是二十八。

對於這個第一次能打進前十名的聖諭使，還是個連聽都沒聽過的名字，整個伺服器都炸了，世界頻道裡頭嘰嘰喳喳地討論維希到底是何方神聖，居然能有那樣的速度和攻擊力……不過維希還是有點殘念，和前五名無緣啊——太可惜了。

「那——遵照約定。」站定在飄飄柔面前，她聳聳肩，表情很淡定。

「其實維希不用退出啦，我的賭約只是開開玩笑而已。」擺擺手，飄飄柔看她對退出公會居然一點猶豫也沒有，連忙出聲阻止。她已經把ＡＯ拉過來了，再拉一個維希會變成雨季公敵的——

「不，願賭服輸。」笑得輕鬆，反正對維希而言，公會也不是那麼重要。希霏因故退位，不再是雨季的公會長了，她當初加入雨季的原因沒了，反正好友裡面也還有裴蘿和肖恩，五人組也不會因此改變的。

於是在飄飄柔面前，她伸手在系統提示上，直接地按下了退出公會。

「那麼，緋穹歡迎我入贅嗎？」偏頭，她笑得燦爛。

「當然歡迎！」

輸了排名也沒什麼——她還贏了一個男朋友回來，其實還是挺值回票價的。

尾聲－唯一

「路西華……這次，絕對不再饒恕你！」

塔爾塔羅斯的劇情任務在一個月的通關之下總算走到了盡頭，在最後決戰的黑暗殿堂裡，聖騎士少女含著淚，握緊手中的巨劍猛力砍下，在最後選擇了和路西華同歸於盡。

原來，那名聖騎士和路西華是宿命戀人，從上古的那一世被強迫拆散後，幾次相愛相殺至今……帶著恨和愛，最後路西華在他們的攻略下消散死亡，終於宣告了這個遊戲的主線劇情結束。

然而路西華卻在臨死前，搏命召喚出了被封印了上古的魔物——克羅諾斯。那個誕育了眾神，卻也成為眾神之惡的魔王……

為了重新封印克羅諾斯，必須犧牲五個人的性命，否則將會引起無法預測的災難——也是從這裡，方才開始開啟了族戰競賽。

而英雄中以封印陣術為名的精靈王，為了重新還給世界和平，也為了守護族人，瞞住了女祭司，壯烈地犧牲了生命。

在關鍵時刻拚命一搏，卻仍只勉強奪回了精靈王的靈魂，挽救不回他的性命……女祭司帶著精靈王失去溫度的身體離開塔爾塔羅斯，將他帶回了精靈之森，精靈族長老聽聞族裡曾經有法術能讓人起死回生的傳說，便將他留在了那裡。

為了復活他們的王，族長將精靈王帶回了族裡冰封沉睡，漫長的時間中，女祭司選擇恢復神族的身分，漫無止盡地等待精靈王的甦醒……

「這故事最後竟然還開虐。」

站在副本結束的地圖盡頭，維希感嘆地看著最後的結局。

英雄們還是再次全部犧牲了。玩家做為龍裔使的兄妹活了下來，龍裔使卻也為了封印而犧牲，聖騎士和路西華殉情，而女祭司卻一直維持著年輕模樣，在永恆的時間裡到處旅行、等待著精靈王歸來……她覺得這編劇也未免太不道德。

精靈王和女祭司到結局都沒告白定終生呢，就這麼結束，也未免太可憐了。

「幸好，我們不像他們。」笑著握起她的手，伊修斯低頭，不知思考什麼地頓了半晌，像是做出什麼重大決定似的抬頭看她：「所以……維希，妳願不願意，做我的伴侶？」

系統介面裡瞬間彈出提示她玩家伊修斯正在對她求婚，維希愣了愣，還沒反應過來，便聽得一旁的裴蘿立刻鼓譟了起來：「哇！求婚求婚！維希快答應了吧——！」

《晨櫻》的結婚系統，必須要雙方先有一人求婚，收下訂婚戒指後，才能到禮堂地圖去申請結婚。結婚的模式也分成很多種，那就依照每對情侶願意砸下的台幣而定了——遊戲嘛，畢竟還是得在一些東西上頭花錢。

不知道是不是伊修斯哪時候說漏嘴的，也不知道是誰在公會頻道裡提了句「伊修斯正在求婚」，緋穹的人莫名就知道了伊修斯正在求婚的事，登時間，她的版面全被刷滿了「答應他」。

維希倒是沒有想到他會和自己求婚。畢竟現實裡，交往是她提的，後來遊戲裡沒有結婚她也覺得沒什麼關係，反正不過就是個系統罷了，哪天要是出了個情侶對戰再說就好。

不過現在這樣……「看來你準備了很久啊？」看著他遞來的戒指上頭還刻著字，樣子十分特別，她不禁挑眉笑起。訂做這戒指的程式也很麻煩的，還能在上頭刻自己喜歡的字，但那還得去技術系統學習工藝，到達一定程度才行……他是趁著自己沒上線的時候籌備的？

「小伊趁妳不在的時候，窩在技術村學了好久的工藝，就是為了給妳求婚咧。」聞言，肖恩揚揚眉看著他倆，突然頗有種吾家有女初長成的感慨。

伊修斯也有些不好意思，「交往是妳提的，我一直覺得不好意思。至少這個，得我來。」神情認真，他微彎著唇角笑得很靦腆。

維希莞爾，「好，我答應。」

乾乾脆脆地收下了他的戒指，她笑著在系統介面按下了「接受」，隨後便提示她現在進入了訂婚狀態。

真不可思議呢，她吐了口氣。

沒想到難得碰了一款遊戲，會遇上個親眼看了她出糗兩次的人。然後和這個小了她一歲的學弟誤打誤撞地相識，最後在一起……

在隊友的鼓譟中，伊修斯替她將戒指親手戴上。而她看了看手上的戒指，又幾分困惑地看他，

「不過這上面刻的『唯一』，是什麼意思？」

如果是她和他ＩＤ的合稱，那應該是「維伊」不是嗎？一般人不都寫個什麼Love Forever的……

然而他卻認認真真地抬眸，直直對上她的眼，啟唇低喃出聲：

「因為……妳是我心裡，最唯一無二的。」

緊握著她的手，他笑著低聲如此說。

（全文完）

後記　這個世界上，最獨一無二的你

嗨嗨大家好，很高興又在後記看到了大家，很高興我有趕在死線前寫完……（死目先跟各位說聲抱歉，這是啊初第一次寫網遊，結果寫得太趕了，可能很多地方處理得不是很好QQ希望大家還能見諒！

也很感謝大家願意看到這裡！

然後來說說，為什麼會生出這篇文XD

其實維希和伊修斯，原本是另一篇還在架構中的長篇奇幻《星晨》裡的男女主角——也就是這故事裡的隱藏副本，女祭司和精靈王XDD

雖說如此，不過實際的故事還是會跟這裡的副本有所出入啦！

因為當初架構的時候一直覺得這兩人的個性很有趣，原本打算拿《星晨》參賽，但是由於架構較大，參賽時間比起來相對太短，所以就放棄了這個想法——然後把他們兩隻抓來寫網遊XD

不過給了維希這麼個悲慘的背景實在是挺抱歉的，因為不想和原本的身世背景差得太多（＃

其實我本身挺喜歡維希的性格，雖然有點莽撞，但是是個勇往直前不畏懼的人。至於伊修斯呢……我想他大概是被維希的光芒所吸引，希望能成為她往前衝的時候，身後最結實的後盾吧！

當初原本也想給大家取個網遊一點的平凡名字，但因為是拿《星晨》角色的關係，就決定還是把名字留著沿用了。

不過當初在想配角的時候本來挺困擾的，後來就直接寫了我在遊戲裡頭認識的有趣的人——就是肖恩XD

不知道看到最後，大家最喜歡哪個角色呢？也許可以許願看看，可以來寫寫他的番外！

最後，希望你們也喜歡這個故事。我們下次再見！

自初

要青春85　PG2586

要有光 FIAT LUX　唯一無二

作　　者　自　初
責任編輯　喬齊安
圖文排版　阮郁甯
封面插畫　潔　歪
封面設計　劉肇昇

出版策劃　要有光
發 行 人　宋政坤
法律顧問　毛國樑　律師
印製發行　秀威資訊科技股份有限公司
114台北市內湖區瑞光路76巷65號1樓
電話：+886-2-2796-3638　傳真：+886-2-2796-1377
http://www.showwe.com.tw
劃撥帳號　19563868　戶名：秀威資訊科技股份有限公司
讀者服務信箱：service@showwe.com.tw
展售門市　國家書店（松江門市）
104台北市中山區松江路209號1樓
電話：+886-2-2518-0207　傳真：+886-2-2518-0778
網路訂購　秀威網路書店：https://store.showwe.tw
國家網路書店：https://www.govbooks.com.tw
總 經 銷　聯合發行股份有限公司
231新北市新店區寶橋路235巷6弄6號4F
電話：+886-2-2917-8022　傳真：+886-2-2915-6275

出版日期　2021年8月　BOD一版
定　　價　300元

讀者回函卡

Printed in Taiwan

國家圖書館出版品預行編目

唯一無二 / 自初著. -- 一版. -- 臺北市 :
要有光, 2021.08
面； 公分. -- (要青春 ; 85)
BOD版
ISBN 978-986-6992-87-2(平裝)

863.57 110011409